U0938311

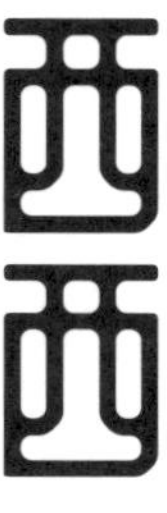

著

何福仁 編

目錄

書本的「哨鳴」——西西答問 8
科幻並不差——西西答問 25
回答 Megan Walsh 的問題 29
遊於藝，說人間：
西西大玩於世的人生視野 41
讀前言，讀序 49
紐斯達文學獎 60
〈嘴含康乃馨的男子〉 77
〈圍繞臥室的旅行〉 80
穿越玻璃的牆壁 83
老頭子找你談談 86
到河的下游去賞花 88
〈第一次和父親上教堂〉 90
不過兩顆鉚釘 93
我不是施迪拉 96
製造的人
——小說 Homo Faber 100
《巴別之塔》 105
寓言小說家高定 108
英國作家與諾獎 113
憂傷的自畫像 115
各種各樣的牛 118

煙囪　126
銀杏　129
梧桐　131
藍鬍子小說　133
《格列佛遊記》　137
馬奈的酒吧　154
在浮沙裏面競賽　156
躲在桌子底下　158
不想別人打擾　161
給蝴蝶的小說　164
重讀安徒生　166
指法　184
編劇　186
維摩說法　188
鹽城丹頂鶴　190
滿漢、全席　193
《薩哈林旅行記》　197
福克納：熨斗、玫瑰　212
巴爾加斯・略薩：套盒、戰爭　216
地域風貌　220
《霍亂時期的愛情》　222
馬格列特　232
一場超現實的持久戰　246
讀書女子　249

附錄：讀一些詩

西班牙詩王洛迦 253
波特萊爾的《惡之花》 257
片段痖弦詩 269
誰的兒歌？ 272
讀阿瑟．韋里英譯〈關雎〉詩 277
希臘詩兩首 283
自說海素詩 286
石鼓詩誌 289

後記　何福仁 328

書本的「哨鳴」——西西答問

董：談談你閱讀的「源頭」好嗎？你是如何推開「閱讀」的大門，進而培養起多方面閱讀的興趣？

答：我的小學在上海度過，家境並不富裕，其實國家也正在水深火熱裏，抗日、內戰。大家的生活都很困難，談不上甚麼消遣。但小孩子總可以找到自己樸素、簡單的娛樂，其中最大的娛樂就是看漫畫。我還記得哥哥在課餘總愛坐在地攤的小凳上租看連環圖，我沒有，印象裏，女孩這樣子坐在地攤上看連環圖的並不多。我不記得怎麼也會看到一些，那是張樂平的《三毛流浪記》，和一些外國的漫畫。我家附近有商場，我特別愛逛文具店和書店，文具店中的筆盒特別吸引我，一個盒子，拉開來有抽屜，有趣極了；書店吸引我的則是童話，因為有圖，光看白雪公主和灰姑娘的舞衣就可以看半天。許多人都站在書店裏看書，彷彿一頭頭企鵝似的，我也照辦，每次總能看一篇民間傳奇，像徐文長的故事。我家附近又有一所兒童圖書館，我跑到那裏翻圖書，逐漸從圖像接觸文字。

一九五〇年，一家人從上海搬到香港。我上中學，就像其他的新移民，我的中文、數學比較好，英文就差很多。也因此得到中文老師的稱讚，把我的作文在堂上誦讀，對我是很大的鼓勵，也鞏固了我對中文閱讀和寫作的興趣。作文稍好，其實只是因為我沒有用廣州話。在上海讀書時，用的是國語，雖然在家裏說的是粵語，也會說上海話，就是不習慣用粵語讀書，後來才習慣了。我大部分香港的廣東朋友，即使他們通曉國語，寫作時仍是一種翻譯，當然，看多了寫多了，習以為常，同時可以寫出風格。但初期，單以文字語言來說，他們是比較吃虧的。

我唸中三時，比我高兩級的一班是校中精英，其中有一位讀了我在校刊上的作文，就跟我通訊，介紹我看許多書，成為筆友。五〇年代，香港很流行筆友的玩意，當時，我也開始投稿報上的學生園地，中學時的筆友，都是通過學生園地認識的，一位是王無邪，因為認識王無邪，又認識了崑南、葉維廉，那時候他們在香港已是圈內有點名氣的作家了。然後是《中國學生周報》的朋友，然後是《大拇指周報》、《素葉文學》，我認識的都是書不離手的珍稀動物。這種動物在日漸功利的社會，是愈來愈少了。總括來說，在成長的過程，老師和朋友的影響很重要，到我從閱讀裏發現自己的銀河系，這銀河系渺無邊際，而自己可以來去自如，打破時空的限制，每次旅行都有新發現，就誰也不能把它拿走了。

董：在〈永不終止的大故事〉一文中，您提到書雖沉默，卻有着獨特的「哨鳴」，這是影響着您選書、買書、讀書的動機？最難忘的經驗是甚麼？

答：所謂「哨鳴」，本來是意大利作家卡爾維諾（Italo Calvino, 1923 -1985）的小說《柏洛瑪先生》（*Mr Palomar*）中的一篇，我在《像我這樣的一個讀者》裏的〈讀一些卡爾維諾〉介紹過：柏洛瑪先生常常聽到黑鳥的鳴叫，牠們的聲音很特別，好像人類吹的哨子，吹得並不到家。一聲之後，很久才響起另一聲，似在對話，又似是自叫自鳴。哨鳴之間，是一大段沉默，但沉默會是牠們溝通的主體，而鳴叫不過是標點嗎？抑或是，哨鳴要經過一番檢定、理解，才能夠回答嗎？這其實就像人類的溝通。柏洛瑪先生覺得他和太太的談話，也是有一句沒一句的。推遠些，我想到書本也是這樣，書本基本上並不發聲，但當你翻開來，裏面就會有一種聲音，在尋找應和。即使受時間空間的分隔，只要是有心人，也能夠聽到那種呼喚，也叫你循着聲音去追尋。一個聲音引出另一個聲音，是來回的應合，是詢問，是挑戰，也可能只是自言自語。

如果你喜歡加西亞·馬爾克斯（García Márquez, 1927- ），你當然也會喜歡格拉斯，你同時就會喜歡卡爾維諾。他們的聲音各個都很獨特，卻又有某些內在的連繫，互相呼應。你再追尋下去，就會發現另外一個可能不同的體系，比如海因里希·伯爾（Heinrich Böll, 1917-1985），比如巴爾加斯·略薩（Vargas Llosa, 1936- ）等等。當然，有些書本的聲音，是你不能解讀的、不能共鳴的，那是你的問題，你錯過了它們，而另外一些，卻可能根本就是不會發聲的。

當初看到巴爾加斯·略薩的《酒吧長談》（*Conversation in the Cathedral*）就驚

喜萬分，連忙追溯下去；另一個發現是看到卡爾維諾的《我們的祖先》，喜出望外。這兩位的書，我大概全部看過。略薩還年輕，還可以有新的突破。每次發現一個新的名字，就是一次難忘的經驗，不過，最深刻的也許是八〇年間看中國大陸的新時期小說，讀到阿城、韓少功、莫言、陳村……你不是讀到一個，而是一大群，在北京，在湖南，在上海，而且是在封閉了許多許多年的中國大陸的土地上。年輕，有朝氣，完全擺脱過去主題先行的「假大空」。那時就四出張羅大陸的書、雜誌，訂這訂那，幾乎見一本買一本，甚至好幾次上內地找書，通宵達旦地看，跟朋友興致勃勃地討論，彷彿一切都充滿希望……

董：你對書的看法如何？閱讀充滿文字的書與色彩繽紛的畫冊有何異同？看電影呢？這對你來說是哪一種閱讀？

答：不同的書就會有不同的看法吧。同一本書在不同的時空裏看，也會有不同的感受、體會。還不包括不同的人呢。

書也不是一個老樣子的，線裝、毛邊、貝葉……都各有味道。我想，我們仍然停留在大量生產的時代，不然可以有不同的書衣服，對應不同的書內容。我就很喜歡《漢聲雜誌》，每一本都是驚喜。我們看書，其實想深一層，書也在看我們，是書塑造我們，塑造我們的品味、思維方式。自有書本以來，書本就各自從某種角度、某種方式提出對我們的看法。只有很少很少的讀書人能夠不受這些看法的左右。真有這樣的人，他們自己也成為書本了。

此外，不同的書有不同的功能，一些是要來催眠的，一些是學習烹飪的，一些是磨練人的耐性的，一些雜書，可以讓人養就一種不平凡的視野和胸襟。幾乎沒有一本書不是有用的，如果產生誤會，往往只是我們在不恰當的時空裏相會罷了。

至於文字的書和繪畫的書的異同，這是很學術性的問題。文字的書本，運用的是語言符號，大多都必須經過線性順序的閱讀，然後才能夠得到它的「意蘊」；繪畫用的通常是線條、色彩，卻是共時呈現，你可以立即獲得整體的感受。符號不同，讀法有別，當然，中國畫獨特的散點透視法，讓觀眾邊行邊看，那種逐步發現的精神，反而接近書本的閱讀。何福仁寫的〈《我城》的一種讀法〉就介紹了西方赫爾特等人對二者的分析，以中國畫的散點透視法來修訂他們的觀念，然後拿散點透視的美學觀念來分析《我城》，這是很有見地的評論。他的初稿是用「散點透視」一詞的，後來才一律用了「移動視點」。老實說，我寫的時候只有「移動」的想法，像電影的搖鏡頭，並不太自覺。

至於電影，那是綜合的藝術，電影的視覺效果是現在進行式的，臨即感更強烈，可是另一面大抵比較落實，內心的呈現反而不及文學。閱讀文字，讀者可以控制速度，可以在字裏行間思前想後，比較積極地介入。攝影、電影興起之初，曾經逼使文學、繪畫一度放棄形象的刻劃，或走向心理，或走向抽象。但終究誰也不能取代誰。我已經少看電影了，眼睛不好，不能長時間集中。近年我最喜歡的電影是《悲情城市》。

董：你說自己是個常常扔掉書本的人，現在仍是如此嗎？能否談談你的書及書架？有沒有哪些書是你一直不捨得扔掉的？為甚麼？

答：我一直扔掉朋友也不要的書。我認識的朋友，也沒有可以不扔掉書的；能夠不扔書，太令人羨慕了。我扔掉得較多，主要是因為居住的地方最小。大部分的書本只能做過客，或者我留而學之，然後送它出門。也有的書買了回來，才知不合意，不想送人，就扔掉。扔掉最多的，就和其他人一樣，是雜誌。過去訂閱台灣、中國大陸的雜誌太多，成為書患，真有一兩篇必須保留，只能撕下來。此外，為了騰出空間，如果附近圖書館有的，比如《漢書》、《後漢書》、《三國志》、《資治通鑑》等，我都扔掉了。也有的，熟朋友有，不難找，也只好割愛。我反正不是經常翻讀。說起扔書，其實沒甚麼了不起的。我一位朋友早幾年搬家，從大屋搬到小屋，因為限時交吉，他請朋友上門隨意取書，可是完全無補於事。臨走時逼不得已租來一輛大貨車，厚酬懇請司機把書運走。運到哪裏，貨車司機說自有辦法，我們也不問。書搬上車，發覺屋子的書，好像紋風沒動，只好再商量多運四次。一位過路的年輕人，在門外觀察了許久，探問主人是誰，然後跟我們的朋友熱情握手，纏着他說你一定是讀書人，認識你真高興，世風日下如今讀書……我們在一旁笑刺了肚皮。這位朋友無意中成為扔書冠軍之後，誰也沒有興趣再提自己三兩天扔掉甚麼書了。

朋友當過圖書館管理員，於是解嘲說：圖書館管理學除了採購編書之類，最後還有一項：Write Off，註銷。世上大抵沒有一所圖書館可以天長地久地收納而從不扔棄的，書本也有它的生老病死。怎麼扔法，當然是學問，而這個我們只能在錯誤裏學習。既然圖書館也不能免俗，何況是普通人家？人到頭來也要註銷，遑論是書了。近年生了一場大病，以為自己讀書的時間不多了，就把書再減了一半。心想：我能夠把餘下的讀完已很不錯了。幸得苟存，眼睛和體力到底並不如前。我想書是買來讀的，接受美學不是說文本有待讀者的參與然後獲得意義？可是時刻一到，讀者也要學會放手。據說抗戰時周作人沒有離開北京，因而投日，其中一個原因就是因為捨不得他的書。我不相信，否則人生這本大書，他就是很壞的讀者了。我反而會同意說班傑明當年逃避納粹黨的逼害，逃到邊境受到留難而自盡，可能是由於要捨棄自己多方搜羅的孤本，覺得更無可戀。但這麼一來，耽書到這麼地步，我們局外人也只能自覺不如。扔書並不瀟灑，沒有辦法而已。

至於書架方面，我只有八個小書櫃，因為少，易於整理，也姑且分門別類，並不值一談。除了工具書不能扔掉外，有兩類書捨不得扔掉，一類是不容易找到的書，比如一些拉丁美洲的小說，另一類是我比較有興趣的若干作者，我盡量搜集他們全部的作品，例如貢布里希（E. H. Gombrich, 1909- ）、卡爾維諾、巴爾加斯．略薩等。

董：從創作中可以發現你的閱讀領域十分廣闊，《像我這樣的一個讀者》是寫給大家看的閱讀筆記，不知你在閱讀的過程中，是否還寫下了只供自己看的「閱讀筆記」？閱讀這件事，又在你的創作中扮演着甚麼樣的角色？

答：我其實讀得並不多，更未受訓練。不過小說方面，總算看過一些，一來我比較有耐性；二來，我是比較幸運的一個，我在三十九歲時就適逢其會，可以提早退休，香港政府當年因為小學學生不足，要裁減教師，或調離崗位，或徵求早退。我立即提出申請。當然，代價是政府每月只能給我千多元港幣退休金，一直到現在也是這樣。十多年來，物價飛漲多少倍？但我想還是值得的。我幾乎有十年的光陰完全是自由的，可以讀自己喜歡讀的書。後來人口結構改變，又要教師了，我偶然也會去代課，跟舊同事聚聚，以免自己太脫節。退休初年，我讀書時就認真地做過些自己查看的筆記，例如西方的小說發展史，但漸漸就不做了，因為太費時間。只在書本上做記號。

閱讀對我的創作很重要。首先，這是一種學習和衝擊，可以開拓視野，啟發想像。我們可以從各種途徑學習寫作，從生活，從這個從那個，但閱讀肯定是最重要的一環。

其次，閱讀幫助我知道其他前後遠近的作者，寫過些甚麼，正在寫些甚麼，培養自己有一種歷史感，知道甚麼是新舊，那麼你就不會重複別人的東西。此外，閱讀世上最好的作品，可以為自己建立一個準則，知所判斷。創作本身就是各種各樣的判斷，從甚麼角度、立場，以至選詞用字。

第四，閱讀是尋找資料的方法，創作需要細節真實，你即使有親身的經歷，也還是需要資料的，比如寫〈圖特碑記〉時，就得閱讀埃及的材料；寫《哀悼乳房》也要閱讀病症醫藥之類的東西。

第五，我居港日久，已生活在粵語的世界，所以我不得不留神台灣或者中國大陸的中文用語，比方港人叫寫字樓，其實是辦公室；港人叫原子筆，內地叫圓珠筆；港人叫冷氣，內地叫空調；的士叫計程車；太空人就是宇航員，等等。我並不反對方言的運用，那要看效果而定。

董：最近在讀哪些書？對讀書有一定的計劃嗎？受哪幾本書影響最深？

答：最近在讀一點建築史。過去建築的書讀得很零星，希望能弄清楚它從古代到後現代的大概發展。但我絕對不敢説是甚麼研究，我也未必真有恒心貫徹下去，因為總有許許多多其他的興趣吸引我。我的閱讀又總受我想寫小説的衝動打斷了。

這世界的確有太多有趣的東西。但即使我自己做不來，我也希望比我年輕有為的人可以為自己設定題目，愈不懂的愈好，然後下點苦功夫，一年半載之後，一定有收穫的。我是說那些非專業的閱讀，專業的研究當然不在此例。早幾年，我因自己的眼睛不好，經常飛蚊，無法讀書，開始看些音樂書，點點滴滴搜集了整整一櫃的鐳射唱片，讀一回，聽一回，從眼睛轉向耳朵，大概也理出從古典到新音樂的頭緒，至今受益，好像開拓了另外一個世界，打通了一些感官。我讀香港鄭延益、台灣莊裕安、陳黎等人的音樂文章，都別有會心。

很難說受哪幾本書的影響最深。我在不同時期讀不同的書，受不同的書影響。何況影響一詞是中性的，有正面，也有負面。比如我剛看完艾可的《傅柯擺》，發覺資料太多，成為窒礙，對小說是傷害。艾可的長篇，可能還不及博爾赫斯幾千字的短篇。這對我自己就是一個警號，當然，這未免杞人憂天，因為我絕沒有他的博學。從這個角度看，則艾可的小說還是有意思的。作家的嘗試，有時成功，有時失敗，只能說，這回他失敗就是。艾可從符號學的角度論建築的文章就很有啟發。

回到你的問題，我還是想起一本早年對我有正面影響的書，令我重新思考女性的生命、身份：西蒙．波娃（Simone de Beauvoir, 1908-1986）的《第二性》（*Le Deuxième Sexe*）。這本書當年令我想到自己作為女性的種種，我不再認同以往男性中心的界定，比如一個女子必須結婚生子，這是她的天職；她是女兒，然後是妻子，然後是母親。她從來不是她自己。她只是男性的一根肋骨。這本書，現在重讀，還是有意義的，比起其他女性主義的書，也許顯得太溫和，甚至太保守了，但過猶不及。女子當然可以結婚生子，問題在這必須是她自己自覺的選擇。文明的社會應該尊重她自己的選擇。我們已經遠離封建的農業社會，人口膨脹，這沒有必然，也無所謂應然，我想說的是，男女平等，彼此尊重，如果男性獨立自主，女性為甚麼不可以呢？

董：你出生於中國大陸，定居在香港，在台灣又擁有許多讀者，就你的觀察，這三地的文學環境如何？在閱讀、創作與出版之間，有哪些特別值得注意的現象？

答：問題很大，我沒有做過調查，也沒有讀到這類文字，只能就自己的印象，粗疏地談談。根據我的理解，文學環境並不等同文學成果。環境是可以說的，成果就不容易了，最惡劣的環境也能產生最好的作品。良好的文學環境畢竟對寫作有助益，良好的文學環境應該包括：第一，寫讀的自由；第二，資訊的流通、發達；第三，創作園地、出版事業的蓬勃。前二者，過去香港一直佔先，至於創作園地、出版，則因為是工商業心態的社會，大多只當是商業行為，沒有甚麼文化的承擔精神，有的，也只是個別的少數。這些少數，也受發行網的限制。臨近「九七」，出版業是愈來愈短視了，這是不利條件。此外，由於政府比較放手，任何地方都有各種各樣的禁忌，香港基本上比較少，讀書沒有禁區，一直可以繼承五四的傳統；這是多元化的傳統，是周氏兄弟、沈從文、何其芳，我們可以讀到各種意識形態的東西。當然，另一方面，香港政府從來就沒有真正鼓勵過本地的創作，過去是由於殖民地的偏見，有意壓抑，比如中文遲遲才合法化，中國人的社會，中文居然要爭取合法化，豈不荒謬？近年市政局每年辦一些徵文比賽之類，但比起電影、舞蹈、音樂的支援，近乎裝飾。不過，中國人過去在寫讀方面受政治的干擾已太多了，這方面寧缺毋濫。

近年，台灣開放了，視野廣闊得多，自由和資訊都大大改善了，回接五四的傳統也不成問題；而它最有利的地方，是民間的創作園地、出版事業，都非常燦爛。台灣近年顯然也受商品文化的襲擊，但我同時看到有心人在報上辦書本的「質的排行榜」，強調書的質素，又有《開卷》、《讀書人》以至《誠品閱讀》等等，在推廣閱讀風氣，抗衡低俗的品味，既互相競爭，又互相呼應。這裏面難免也有商業的考慮，但大體上是肯定的，我看到一種嚴肅的文化使命。

至於中國大陸，長期受政治因素的影響，時寬時緊，談不上甚麼良好的條件，它接來的五四也是官方的，所以近年有人提出要重寫新文學史。七〇年代末以來，比較寬鬆了，我們就看到許許多多振奮人心的作品和評論。它的潛力最大，因為人口比例最多。當然，人口不多的地方，也會出現出色的作家、詩人，像愛爾蘭；但內地的「經歷」、「生活」要複雜得多，加上近年接觸外界事物，有一種新鮮的刺激，舊有的得以釋放出來；另一面生活環境仍然比較單純、質樸。早些時文學刊物熱鬧得不得了，「文化熱」熱了好一會。我想舉出它的翻譯，固然有不少劣譯，但仍是極有意義的，也很重要。過去有一本《外國文藝》雙月刊，另一本是《世界文學》，也是雙月刊，就譯過許許多多精彩的東西，不少作家就受到啟發。

一九九二年十月一日

編者按：董，董雅蘭，台灣《誠品閱讀》雜誌編輯；原題為〈翱翔書本銀河系〉。

科幻並不差——西西答問

問：老師您的創作十分自由，涵蓋小說、散文、劇本等各種形式，想請問您平常喜歡閱讀哪些類型的書？有甚麼特別原因嗎？

答：甚麼書都看一些，建築、繪畫、科普、文學。有時是為了好奇、求知；有時是朋友告訴我好看。打開書，大部分的書，總有好處，讓自己認識一些自己不曾認識的東西。不過看得最多的還是小說，因為喜歡，因為我自己也寫小說，也比較能夠知道好壞吧。

問：今年讀了哪些令人印象深刻的書呢？希望主要是今年出版的書，可否推薦至少三本給《聯文》雜誌的讀者們？以及推薦的理由？

答：的確有些印象比較深刻的書，但對不起，恐怕不是今年出版的書。我已經很少理會書是否新的出版了，年輕的時候我會追趕，看拉丁美洲爆炸時期作家的新書，跑書店、郵購，現在是網購吧。現在我再不用電腦，因為右手不方便，早已變得後知後覺。前些日子，我也跟着「卜克獎」（Booker Prize）之類的得獎、入圍等看書，請朋友替我購買，這好歹代表英美某些趣味，因為在報上寫讀書筆記，但覺得有些其實並不好看，沒有甚麼新意。所以 Booker Prize 之外，近年英國又有一個強調創意的文學獎「金匠獎」（Goldsmiths Prize），我也看了一陣。

偶然的機會我開始看科幻小說，也許是因為科幻電影吧，反而感覺有趣，電影技術你知道，已經進步到甚麼的地步，我讀到許多我不知道的東西。這些小說寫的其實是我們當下的處境，或者將要面對的處境。這些小說，當然良莠不齊嘛，大部分的都不好，但好的，我以為並不比文學主流的差，有的比 Booker Prize 的更好，比如菲利普・迪克（Philip Dick）的小說，或者 Cyberpunk 作者威廉・吉卜森（William Gibson）的《神經漫遊者》（*Neuromancer*, 1984）、尼爾・斯蒂芬森（Neal Stephenson）的《潰雪》（*Snow Crash*, 1992）、娥蘇拉・勒瑰恩（Ursula K.

Le Guin）的《黑暗的左手》（*The Left Hand of Darkness*）等等，我只能提名字，三言兩語可說不出理由。我和何福仁談科幻小說，剛在文學雜誌上提到他們。當然，對科幻迷來說，這些都已是舊書了。

問：可否請教您平日的閱讀習慣？哪裏是您「最理想的閱讀環境」？

答：有空閒，眼睛不太疲累就看，沒有特別的習慣，也無需特別的環境。當然，在家中是最好的，不受干擾。

問：有甚麼經典書目會讓您一讀再讀呢？有特別關注的國內外作家嗎？

答：還是一些經典的名字，作家是博爾赫斯、加西亞·馬爾克斯、巴爾加斯·略薩、卡爾維諾，等等，但坦白說，我其實沒有怎樣「再讀」，書太多了，近年眼睛不好，剛做了白內障手術，我只是偶爾想起來，還拿出來翻翻，好像變成懷舊，見見老朋友。對不起，我已經過了追蹤作家新作的年代。

問：老師您近年來喜歡手製布娃、毛熊，會看這方面的工具書嗎？

答：會看的，有一陣甚至訂閱外國的毛熊、微型屋的雜誌，到外地去看博物館、展銷會。近來，我喜歡玩積木，用積木嘗試建造我早年在上海的故居，或者我目前居住的地區，有些，也正在失去了。

二〇一五年十一月

回答 Megan Walsh 的問題

1. What motivates you to write?

答：當我很年輕，在中學讀書的時候，我會為一點稿費而寫作，那可以作為我的零用錢，買書，買東西。上世紀五〇、六〇年代也沒有甚麼娛樂。到我出來社會做事，稿酬已經不再重要，我寫，是因為我想寫，寫作的過程是很快樂的事，不是嗎？我可以表達、整理自己的思考、自己的閱讀，和朋友溝通，就像喜歡唱歌的人要唱歌。當你唱，朋友也唱，或者因為朋友唱，你也和唱。

2. How would you describe your writing process - do you have a routine?

答：給我紙和筆，就可以寫，在任何地方、任何時間，這是我長期在報刊上每天寫作專欄的訓練。因為居住的地方狹小，我曾在家中的廚房，把紙放在椅上，然後坐在一張小凳上，好歹寫了許多小說。不過，年紀大了，早上的精神比較好，大概就在早上，在桌子上寫一點吧，晚上就不寫了，以免睡不着。

3. In your poem "What I'm Thinking of Is Not Written Words" you write "Because I believe that life / Will always be more transcendent than words". And yet you write, prolifically, screenplays, poetry, essays, columns, short stories, novels as well as make handicrafts. Do you have a medium that you feel brings you closest to translating life's experiences?

答：不同的時間，不同的感受，會有不同的表達形式。不同的話有不同的說法，要看哪一種更適合，還有載體的考慮。很難說有一種最貼近的方式。我反而知道，最不貼近我人生經驗的是 screenplays，所以我早年只寫過很短的時間，因為寫了，還有開拍的種種問題，不可能是你一個人的東西。

4. Your style has often been described as "fairytale realism"? Can you tell me a little bit about your interest in fairytales and the way in which they can coexist and / or illuminate the ordinary?

答：「Fairytale realism」（「童話寫實」）只能形容我某些小說，不見得全部是這樣的，像《哨鹿》、《美麗大廈》、《我的喬治亞》、《哀悼乳房》，以及白髮阿娥的故事，都與童話無關，也不是用孩童或者少年的語調敘述。又譬如《候鳥》，那大半是我幼年時在上海的記憶，就用一種少年的角度、語調，但隨着這少年成為青年，就慢慢穩重、成熟起來。我當然讀過許多童話，尤其是幼年的時代。後來我再讀，發覺過去大部分著名的童話，像安徒生、格林兄弟，包括《小王子》，都不見得是寫給小朋友的，有的很悲慘，有的很恐怖，有的很深奧，但這正好是實際的人生，生活其實不是公主和王子大團圓就結局了，真正的人生這時候才開始。

我比較關心「怎麼寫」多於「寫甚麼」，當我想表達某些東西，我就想到怎麼表達，希望嘗試一種呼應內容，又沒有人做過的形式，當然，我不一定成功。

5. Perhaps one of the most enduring fairytales is the romantic love narrative. In much of your work, especially the early short stories such as "A Girl Like Me" and "The Cold" and even more subtly in poems such as "Pebble" and "Butterflies are Lightsome Things" you challenge in very different ways the myth of romantic love (or, at least, the tired marital plight of women). Can you talk a little bit more about this?

答：我不是女性主義者，不過早年讀了波娃等人的書，也思考女性的問題，覺得中國傳統的女性被教導為「出嫁從夫」、「女為悅己者容」之類，根本不當是獨立、完整的人，而其中最大的枷鎖是她們的婚姻。浪漫愛情小說許多都在強化這種迷夢，叫少女追求愛情，愛情至上。她們一生最大的成就，就是要嫁一個可靠的丈夫。到頭來，她們成為丈夫的妻子，兒女的母親，稱丈夫為「外子」，丈夫稱她們為「內子」，她們其實沒有自己，沒有成為一個獨立人格的人。

6. It has been said that a generic difference between western and eastern narratives

is a protagonist's relationship with fate. As someone who draws on such a broad range of influences, from Latin American magical realism to Japanese fiction, as well as Chinese legend and history - do you think such generalizations can be made? (As an extended thought - because I can't find it anywhere! - how different was your screenplay of *East Side Story* to *West Side Story*?)

答：我不清楚那種分類的細節，不知道有甚麼論據。可能中國的傳統包袱很厚，很重，成為限制，也成為藉口，例如遇上挫折，失敗了，就說是「天命」。之前我和朋友談到「天人合一」的問題，朋友說得好：中國人過去講天人合一，往往傾向於「人合於天」，西方人呢，是「天合於人」，但兩方都有利有弊。凡事聽天由命會產生惰性，會不思進取，會推卸；對環境勇於改造麼，到頭來不是也產生種種自然災害？

我的小說 "A Girl Like Me" 和 "The Cold" 分別寫兩個開初「服從命運」的女子，她們的「命運」不同，然後逐步寫她們醒覺起來，開始反抗，最後成為自己的主人。

7. Your work embraces playful, inventive and subversive points of view that draws greater attention to those on the margins, to children, to animals and inanimate objects - is this a conscious decision? And if so is it a way to challenge social and cultural mores?

答：是的，這是一貫的想法。主流以外的，應該有不同的選擇，不同的聲音，有其他更公平，合理的可能。

8. How much did your work as a primary school teacher realign your point of view?

答：我不知道有多少，不過我和小學生相處，發覺從他們那裏我也得到益處，他們每個都不相同，而且各有自己的想法，應該受到尊重，獲得聆聽。如果想法不成熟，成年人也不見得成熟，we grow older, but not wiser。成年人往往變得世故，太多利益的考慮。當然，如果不知道世途險惡，不明白是非，那是無知。禪師告訴我們人生有三種境界。第一種是未曾參禪時，「見山是山，見水是水」。這是世間的本來面目，狀態。後來開始參禪，發覺世間複雜得多，思慮多了，許多都糾纏不清，變得「見山不是山，見水不是水」。最後有所領悟，心境澄明，看穿了世情，於是又回復「見山是山，見水是水」。不過要達到第三的境界，必須經過「山不是山，水不是水」的衝擊與磨練。這樣說，並不表示我已達到了第三種境界，那只是我的嚮往、我的渴望。我有時嘗試用童稚的眼光看世間，這眼光說到底並不真正等於孩童，也不可能是真正的孩童。我相信藝術家都應該運用這麼一種心神觀看世界。

9. In "The Marvels of a Floating City" you use paintings by Magritte to reimagine Hong Kong, while in "The Fertile Town Chalk Circle" you have rewritten an old Judge Bao story to explore the existential challenges Hong Kong has faced under British and Chinese rule. How much has living in Hong Kong shaped you and your writing?

答："The Marvels of a Floating City" 寫於一九八六年，那是中英談判香港的問題，我當時看了一則國際新聞，關於一個小女孩瑪麗的監護歸屬權，荷蘭和瑞典鬧上國際法庭。我想，我們一般不會以為小孩會有自己的想法，但如果她有呢？為甚麼不問問她的意見？我記得，因為最近一位年輕作曲家盧定彰（Daniel Lo）把這小說寫成樂曲，由香港和聲合唱團（Hong Kong Voices）公演清唱。我看了表演，很感動，覺得這麼一個小說，還可以和年輕人對話。你知道，中國傳統的詩作，大多可以唱，到了新詩，放棄了樂譜，再不能唱了，當然也有人為新詩配樂，但唱新文學的小說，我以往沒有聽過。

〈瑪麗個案〉可算是“The Fertile Town Chalk Circle”的前奏，只是報道，再提出問題。下一篇“The Fertile Town Chalk Circle”，我轉而從小孩的角度去寫，寫包公的審判，思考中國的雜劇，以及布萊希特的《高加索灰闌記》。過去傳統的世界，比如所羅門王和中國的故事，包括包公的判決，爭子的得勝者，總是親生父母，那是封建的血緣社會。布萊希特的突破是，他讓愛護小孩的養母得勝。我再寫這個經典故事，如果要有所發展，表示有一點新意，是想到那位被別人拉來扯去的當事人還是缺席的，你說他是小孩，可這小孩有話要說，他其實從古代活到現代，活了好幾百年，並沒有死去。

10. It is hard not to see parallels with Hong Kong in your poem "Driving Through Palestinian Refugee Camps": "what's a home without a country". At the time of the 1997 hand-over you wrote that: "The transition has not yet eliminated the old, nor has the new actually arrived. It is still a dim, uncertain age". How do you feel about the future of Hong Kong now?

答：小孩的角度其實也是一種弱勢、邊緣化的角度，我寫中東的詩是一樣道理。中國和香港的轉變，我過去寫過一些短篇，何福仁曾為我編過一本書，把這些收集起來，叫《浮城 1.2.3》。這之後我也寫了一些。我在香港成長，香港是我的家，我不可能沒有對香港的想法，不過我是寫作的人，我會用藝術的形式表達。

11. It has been said that fairytales are the science fiction of the past. I read that recently you have been in conversation with your friend and fellow writer Ho Fuk Yan about sci-fi and novels - could you give me a sense of the kind of things you're

discussing? Is it a way to reimagine or predict the future? And if so, will you be writing any?

答：你也看到嗎？真好。我們還會繼續談下去，多談五六篇，出一本書。科幻小說，包括科幻電影，是這時代一種表現的形式，你不能視而不見。是的，它們令我們 reimagine or predict the future，事實上，許多呈現的不是 future，而是我們正在進入的 present。科技是兩面刃，許多是否不再表現對科技的樂觀，而是憂慮，一種末日的情調？我最近也寫過一個科幻小說，叫〈星塵〉，好像我一位美國朋友想把它翻譯。

12. Finally, you wrote a very nuanced account of your battle with breast cancer in *Mourning a Breast*. In it you described yourself as "illiterate" when it came to your own body. Was this process something akin to narrative therapy or was it more a process of learning to read or translate the relationship between mind and body?

答：生病許多年了，已經習慣了，我發覺那是心靈和肉體溝通的問題，肉身有事，它會給你訊號，警告你，只是我過去一直忽視，病了才開始注意。我把治病的過程寫出來，其實也是一種自療的方法，也希望其他人得一點益處。我們要學習讀懂自己的，以至其他人的身心，要學習身心取得平衡，獲得啟示。我們過去的文化，尤其是中國人的，一直偏重心靈，而輕視肉身。

13. You started making handicrafts as a way to treat complications in your right hand following surgery. This includes various ornately dressed teddy bears representing different figures from legend and history, who became figureheads for *The Teddy Bear Chronicles*. In the process of re-writing the story of each character and hand-crafting each representative bear, do you think different muscles (and different skills) lead to different thoughts?

答：我有一段時間放下寫作，因為右手逐漸失靈了，於是學做布偶。我只是想既然我學做布偶、做熊、做猿猴，就想到要做得有意思些。我不可能做得比專業的人好，不過我可以有我的想法、理念，這其實也是另一種寫作，有時你拿起筆，有時用布料、用 mohair。在人生不同的歷程裏，遇到轉折，甚至挫折，主要是疾病吧，我有點失望，但不會絕望。不要怕，總有辦法的，因為我還有左手，我就學用左手寫作，寫了十多年，我不是又寫了許多東西？我只是行動不太方便，寫得慢了點罷了。是否產生不同的想法？如果有不同的想法，大概不是由於 muscles 的問題，而是年紀，我寫得慢了。

二〇一七年六月

遊於藝，說人間：西西大玩於世的人生視野

西西在《看小說》後記自剖：「我好像有個老毛病，看了好的小說，就想告訴別人，希望別人也看。」小說之所以好看，在於作家如何寫，讀者怎麼玩。鋪陳「玩賞」過程，變成貫串《看小說》與《我的玩具》的重要核心，是西西之眼看世界的哈哈鏡。透過這兩本專欄小品，西西告訴我們如何好好玩、盡情玩，投入體驗這個還有自由無限可能的遊戲人生。

問：最近同時出版《我的玩具》與《看小說》這兩本書，皆收錄一些篇幅較短的專欄文章，對讀之下十分有趣：彷彿小說也是你的玩具，而遊玩的歷程也呈現創作思維。請問你怎麼看待「玩具」、「小說」和「創作」之間的關係呢？

答：「看小說」是我在報刊上的專欄，每月兩篇；「我的玩具」則是後來在周

刊上的專欄，寫了兩年多。兩書的後記都有說明。你說得對，小說與玩具，對我來說，是一事的兩面，是很認真的賞玩別人的創作。這兩種玩具我賞玩了許多許多個年代，對我自己的創作一定有所啟發、有所助益。我們過去的教育，在五四之前，一直不鼓勵「玩」，不敢坦白「玩」，怕被指玩物喪志，忘記工作。工作才正經。張岱那本《陶庵夢憶》，寫的分明是各種玩藝，卻先自告解，要逐一懺悔。這本書，卻是晚明小品的典範。工作和遊玩，絕對不是對立的，好的玩具，會調節、改善人的工作，令人更努力工作。玩，除了貶義，還有好的意思，玩賞、玩味。文學藝術絕對不能缺少遊戲的精神，中國的莊子是偉大的「玩家」。好的玩具，可以養志，可以勵志。陶淵明的桃花源不知外面的世界，正是抗議外面的世界，一個異托邦的地方，在那裏，你不是神仙，你還得辛勞耕作。

記得魯迅的〈風箏〉，寫於上世紀二十年代，還寫到「我」這個兄長發現小弟在偷偷做風箏，以為這是沒出息的玩藝，把風箏擲在地下，踏扁了。魯迅這文章寫了兩三句小弟做風箏的過程，甚麼蝴蝶風箏的竹骨，還沒有糊上紙，甚麼一對小風輪，做眼睛用的，用紅紙條裝飾。我以為過程是很重要的。這些細節，我以為必不可少。世故的人玩政治、玩權力，那是惡劣的玩具。好的玩具，本身是一種創作，啟發人思考，讓人參與。我們要玩的就是這種有創意的玩具。好的玩具，是一種藝術，是 **Art Toys**。我在《我的玩具》寫的主要就是這類玩具，都很價廉，不貴，簡單，要人參與。我嘗試描述這過程。好的小說也是這樣，啟發你思考，激發你參與，而不是被動地，到此一遊。我寫作小說，也總嘗試呈現那過程。

問：《我的玩具》很有意思的透過你收藏的各種「物」去看到你賦予的故事，比如莫內的印象畫是捕抓不同時間的「眼睛」；紙盒劇場、火柴盒、立體書和空娃娃屋則是提供玩家一個具體空間和細節，縫紉與積木則提供手作者在一定的物質基礎中刺激創意。請問你在寫作的時候會不會有某些特定的玩具在手邊，透過把玩、縫製和文字以外的創造形式，來刺激文字創作？「物」如何變成敲開「幻想」時空的鎖鑰？

答：寫作的時候並不需要玩具在手邊，我要專心致志。某些「東西」會觸發我，但寫作就是寫作，我只能運用左手。如果我知道那是甚麼東西，那就不好玩了，那會是鴉片、是毒藥。

問：你談到自己是從看小說裏學寫小說的，重點在於留神他們怎麼寫。請問觸發你開始創作小說的關鍵閱讀經驗和作家作品是哪些？創作者讀小說，如何找到福樓拜所說的貫穿珍珠的「線」？從何時開始有「讀書筆記」的習慣？

答：我很少再看自己寫過的小說，年紀不小，記憶也有誤。形式與內容是互動的，但要學習寫作，就要留神小說大家怎麼寫，就像踢球，你看Henry、Zidane、美斯怎樣傳球、走位、射球，看教練的陣式、調配，而不是看球賽結果。另一方面，你知道人家寫過了，你要發展、改變，要寫得不像他們。我看文學創作，看重的是形式的創新、突破，你告訴我這小說這電影反映社會甚麼甚麼，好的，因為這也是一個角度，內容也可以是一種突破，但要評斷文學藝術，還是要回到美學形式去，要從美學形式去判斷，不是社會學、政治學、人類學……我其實說不上有「讀書筆記」的習慣，那是三十年前在報刊上寫的專欄，加上其他雜誌，後來出版了《像我這樣的一個讀者》、《傳聲筒》、《時間的話題》對話集。

問：在《看小說》這本書裏所觸及的作家作品橫跨歐美與南美洲，甚至到印度；但這些書裏卻甚少華文作品，請問這本書裏所提及的作家作品是如何被挑選？你希望它呈現怎樣的小說圖景？

答：不能在一本談閱讀的書裏包括你所有閱讀過的書，是不？我過去，大概一九八七年編過四本中國大陸作家的書，這四本書之外，我其實在港也介紹過不少個別作家的作品，沒有編集罷了。台灣的作家，我當年在香港介紹過鍾理和、王禎和、白先勇、黃春明、七等生……還有瘂弦、楊牧。你向一個地方介紹他們熟悉的作家，是否很怪異、很班門弄斧？當今華文作家，不如你向我介紹。《看小說》這本書不敢說呈現怎樣的小說圖景，我在後記裏解說過，不想重複了。這是近年我自己的一部分閱讀：另一部分是西方的科幻小說。

問：在《看小說》裏，你用昆德拉、卡爾維諾、喬伊斯、福樓拜等人的作品或小說概念，與之對讀。請問該書當中是否有哪些作家小說，啟發你對小說的具體構思？這些玩玩具和讀小說的經歷是否也在你創作各階段有不同的啟迪？

答：我的「階段」，對不起，超過半個世紀，我不想回顧，我寧願多寫幾首詩。我剛修改好了我寫了五年的長篇小說，倘有時間，我不如再看一遍。

問：你曾寫道，小說是一種說謊的藝術，但它一邊要你相信的同時又自我瓦解。裏面談到很多篇小說寫過去該地方的歷史與文化，對戰爭、性別、種族和階級的深刻反思，也提及「非虛構寫作」本身的現實荒謬性；你自己如何以小說思考歷史、虛構和真實之間的關係呢？這與你構思「肥土鎮」的城市百年小說有關聯嗎？

答：以小說思考虛構和真實之間的關係，以具體的小說，呈現那思考的過程，本身就是「如何如何」了，譬如《我的喬治亞》，我嘗試描述整個思考的過程，從自己 DIY 一座英式微型屋，回溯香港的營造，如果小說之外再解釋，又要解釋得周全，那就是論文，而不是小說，其實也不必再寫小說。出之於小說，是避免簡化。文學藝術最忌簡化。

問：你認為怎樣的小說才是好看的小說？它會有好玩的性質嗎？當「電影」這類視覺文本以更多細節取代想像之後，小說如何和電影對話？你寫過許多影評，未來會想出版相關著作嗎？

答：沒有一個好的答案，也不要相信這種答案。壞小說總是一個樣，好的，個個不同。我沒有想過小說為甚麼應該要和電影對話。六、七十年代新浪潮電影時期，我寫過數百篇影評、影話，有年輕學者計劃收集、編輯，很好，我自己可再無能力想這類相關問題。

問：如果你只能帶一本小說和一個玩具，你會挑選哪些？對你而言，它們有甚麼特殊意義？你又怎麼看《我的玩具》與《看小說》這兩本書的特色與對你的意義？

答：甚麼都不帶了。《我的玩具》與《看小說》這兩本書，是我人生的一個過程，我寫作大半生，而且一直在寫專欄，可說甚麼題目的專欄都寫過，所以我特別喜歡《我的玩具》，希望我的讀者也喜歡。這專欄要是我在二十八歲時寫，一定會聽到斥責，如今八十二歲，倒受到鼓勵。我不會再寫專欄了。

好幾次，我在玩具店看中了某件玩具，店員會說：買給小朋友，或者孫兒吧。當我說：不，買給我自己。他們會有點驚異。這在外國，從來沒有人會這樣問，因為根本不成問題。有的玩具說明不宜兒童，可從沒有說不宜成年，或者老年。有的玩具注明，適合六歲以下的，或者十二歲以下的，可從沒有說以上的。我想說，到了「長者」的年歲，你還需要玩具，好的玩具。

回望一生，生活在這小小的星球，經過許多世代的演化，宗教的、民族的，種種紛爭，何曾停止過？暖化、污染、疾病，其他物種逐一滅絕，你以為人類真有進步嗎？這麼想，你會問：甚麼不是玩具？

二〇二〇年一月三十日

讀前言，讀序

一、菜單

狄更斯在《匹克威克外傳》（*The Pickwick Papers*）序裏說：一個作者，他有滿肚子的話要在序文裏說，並且希望他所說的話人家肯聽；這好比一個人一把拉住一位正要跨進戲院的朋友，要他且慢去看戲，先去找個地方聊聊這齣戲。

那麼，菲爾丁（Henry Fielding, 1707-1754）這位小說家又把序文當作是甚麼呢？他說：作品的楔子，也可以算筵席的菜單。菲爾丁是個小說家，同樣也是一個滿肚子創作理論的人，但他沒有寫甚麼理論書，沒有出版專門的小集子，他的創作理論，完全寫在他的小說裏，出現在小說的獻詞和序文上。譬如他的《湯姆．瓊斯》（*The History of Tom Jones,a Foundling*），每卷的第一章就嘩啦嘩啦地寫一陣自己的創作論。該書最早的法文譯本，老實不客氣地把卷首的理論文章幾乎全部刪去，一般的讀者也往往嫌那些議論阻滯了故事的進展，或者草草帶過，或者略去不看。十九世紀小說家司各特對卷目的幾章十分讚賞，認為初看的時候阻滯故事的進展，但是看到第二、三遍，就覺得這是全書最有趣的幾章。另一位小說家喬治·艾略特則很喜歡那些節外生枝的理論，他說菲爾丁好像搬了把扶手椅子，坐在舞台上和我們閒談。

在《湯姆·瓊斯》卷一第一章，菲爾丁說作者不應當把自己看作是個闊人，在設私宴請客，或者在施捨粥飯，他應當把自己看作是開飯館的老闆，只要出錢，歡迎人人來吃。在前一種情況，大家知道，設宴的主人愛準備甚麼菜就準備甚麼菜，即使味道很差，或完全不合乎客人的口味，客人也不作興挑剔；相反，不管面對擺出來的是甚麼菜，因為教養的關係，客人還不得不加以稱讚。飯館老闆的情形就正好與此相反。人家出了錢來吃飯，不管人家口味多麼挑剔，多麼異想天開，人家都堅持要吃到合乎口味的菜。如果上的菜樣樣不合口味，他們就有權利毫不節制地加以批評、責備，甚至謾罵。因此，為了避免使主顧失望，誠實的老闆在主顧一踏進館子的時候，總是先拿出菜單來請他過目，客人一看便知道這家館子賣的是些甚麼，如果不合口味，也可離去，另找一家合乎口味的飯館。

二、本來面目

這一陣，我談了一些書本的序。各種的書有各種的序，有的序是作者自己寫的，有的則是編者、出版者、前輩作者、知己朋友寫的。有些人買了書本回來，也許沒有時間看，也許書太多了，只看看序，就永遠不「再見」了，雖然這樣，看過了序總比沒有看過的好。

有一些作品，譬如小說，作者要在序裏說：小說的故事內容純屬虛構，人物情節如有雷同，實屬巧合；不過也有一些作品，強調作者筆下的真實性，例如笛福的《魯濱遜漂流記》，序裏就開宗明義說：

假如世上真有甚麼私人的冒險經歷值得發表，並且在發表後還會受到歡迎，那麼，編者認為便是這部自述了。

說了這麼的話後，又有一番提示：「編者認為述者一生的離奇遭遇，實在是前此聞所未聞的，沒有一個人的生活比他具有更大的變化。作者在敘述這故事時，處處採用樸質和嚴肅的態度，並且別具慧心，把一切事跡都聯繫到宗教方面去：以現身說法的方式教導世人，叫我們無論處於甚麼環境都要敬重造物主的智慧。」

然後，編者再強調，他相信「這本書完全是事實的記載，毫無半點捏造的痕跡」。不知道這個編者是抑或不是笛福自己本人，我只是寧願，沒有這些教導，小說反而好看些。

自述，無論親筆或者口述的，所謂「事實的記載，毫無半點捏造的痕跡」，如果沒有捏造，不妨當是反話看。相反，那些「滿紙荒唐言」的作品，卻常常是真的，至少不是全假。這就是「假作真時真亦假」了。

那麼，自傳該是比較真實的記載了吧？其實也有不少是表面的真實。盧梭在

《懺悔錄》的另一個稿本中曾經批評過去寫傳的人「總是要把自己喬裝打扮一番，名為自傳，實為自讚，把自己寫成他所希望的那樣，而不是他實際上的那樣」。盧梭對這種自傳針鋒相對，提出了一個哲理性的警句：沒有可憎的缺點的人是沒有的。所以，盧梭自己寫《懺悔錄》時追求絕對的真實，他也在前言中說：這是世界上絕無僅有，也許永遠不會再有的一幅完全依照本來面目和全部事實描繪出來的人像。他在第一章開頭就說：我要把一個人的真實面目赤裸裸地揭露在世人面前，這個人就是我。

他有呈現自己「可憎的缺點」麼？

三、虛構的真實

《格列佛遊記》的最後一章這樣寫：敬愛的讀者，我已經把十六年又七個多月以來的旅行經歷老老實實地講給你聽了。我着重敘述的是事實，並不十分講究文采。我也許可以像別人一樣述說一些荒誕不經的故事使你吃驚，但我寧願用最簡單樸素的文筆把平凡的事實敘述出來，因為我寫這本書主要是向你報道而不是供你消遣。

寫遊記的人是格列佛，當然，《格列佛遊記》的作者是斯威夫特（Jonathan Swift, 1667-1745）。他借格列佛的口說：像我這樣到過許多遙遠的國家的人，而這些國家都是英國人或者歐洲其他國家的人很少去的地方，如果把海上或者陸地上的奇異動物描寫一番，那是容易不過的，但遊記的主要目的是使人變得更為聰明、善良，舉出一些異鄉的事例，不管是好的還是壞的，目的是要來改善人們的思想。

因為這個目的，小說作家都不斷強調自己的作品真實、不假。

我們讀《格列佛遊記》時，都知道小人國和大人國的故事國度和人物像童話一般，但是，格列佛這位船長卻鄭重其事地說：我衷心希望能制定這樣一條法律，那就是：每一位旅行家必須先向大法官宣誓，擔保他要發表的東西都是絕對真實的，然後才可以得到許可出版他的遊記。這樣，廣大的讀者才不會像如常受騙，因為現在有些作家，常常胡講亂扯，製造彌天大謊來蒙混漫不經心的讀者，只是為了使自己的作品受到大眾的歡迎。

其實，斯威夫特何嘗不是假借格列佛船長來寫了一部虛構的遊記，真實的是十八世紀初前半期英國社會的種種現象，人物是披上戲服的小人、大人、飛鳥和馬，反映的是生活的真實。就因為這種真實，太過真實了，即使是穿上一件童話故事的戲服，出版時仍然遭遇不少困難。遊記初版有一篇前言，是斯威夫特假託格列佛船長的一位親戚理查·辛浦生的信，偽稱此書是真實的遊記，通過友人交出版社經過增刪和修改後出版。書出版後，群眾大怒，第二版不得不大加修改。因為真實，不是當年中產的讀書人能夠接受的。而斯威夫特當年所強調要寫的真實，和我們如今理解的真實，又完全不同。

四、非小說成分

許多年前，雨果到巴黎聖母院去參觀的時候，在兩座塔樓之一的暗角上，發現了一個用手刻的希臘文字：命運。字母因剝蝕而變黑，仍深深地刻在石頭上，字體的形式粗率，好像是為了叫人明白那是一個中世紀的人的手寫在那兒的，但這些字所封鎖的悲哀與不幸的意義，啟發了雨果。他覺得奇怪，長久地思索，設法猜測那個痛苦的靈魂是誰——是受命運痛苦地擺佈的人在古老教堂留下的印記，向天主查問，才肯離開人世？

後來，人們把牆粉刷過，或把字刮削過，字跡就不見了。一直以來，人們對那些中世紀的奇異教堂都這麼做，它們內外都受到損壞。神父們給它們塗油灰，建築家刮削它們，而有些人又突然到來，把它們完全毀掉。這樣，刻在聖母院幽暗的塔樓裏的神秘字跡，和它悲慘地記述的陌生命運，已一絲無存。

在牆上寫字的人已經消逝，好幾世紀以來，輾轉在一代一代之間，也輪到這個字從教堂消逝，就連那教堂本身，或許也快要從大地上消失了。不過，那個希臘文字並沒有被人忘記，因為雨果為那個字寫下了《巴黎聖母院》，他在序中記述了這件事，時維一八三一年二月。

雨果在《巴黎聖母院》定刊本前記（一八三二年）中說，一般的讀者在他那本書中只找到戲劇和小説，但也許會有另外一些讀者，並不以研究書中所隱藏的美學和哲學思想為無用，而願意在讀着小説的時候，留神藏在小説裏的非小説成分。

在《巴黎聖母院》裏，雨果花了一些篇章為古老建築辯護，他説，眼看着一些中古建築在怎樣的手裏顛倒，而一直讓一些油漆匠人處理這些偉大藝術的遺跡是悲哀的。而這樣的事，竟發生在巴黎，在自己的門口，在自己的窗下，在這個有報紙、有言論、有思想的城市裏，在巴黎愛好藝術的群眾的眼睛底下。

看了雨果的前言，我們就明白他為甚麼在小説裏要寫許多有關建築的文字了。作者的自述，讓我們了解作品的心意。

五、無需裝飾

塞萬提斯寫《堂吉訶德》，當然費力，不過，他覺得要寫篇序就更加費力了，所以，他常常將筆拿到手裏，又常常重新把它放下去，不知道説些甚麼才好。有一次，就在為難之中：面前鋪着紙，耳後擱着筆，肘膀支在桌上，腮巴托在手中，正在凝神思慮的時候，他的一個朋友來探訪他了。看見他那模樣，問他為甚麼發愁呢。塞萬提斯說，他正在思考給《堂吉訶德》做一篇序文，又說，因為難做，不打算做它了，甚至連那位高貴騎士的行跡也不想發表了。

塞萬提斯說：我是早被人家遺忘了的，默默無聞過了這許多年了，現在背着這般年紀，重新來拋頭露面，寫了部像燈心草一般枯燥的野史，創意既沒有，文筆又平庸，思想也拙劣，一點顯不出學問和博識，書裏沒有引文，書末又無注釋。而別的書，無論怎樣荒唐鄙俗，滿載着亞里士多德、柏拉圖，以及其他所有哲學家的格言名句，讀者們看看自然驚服，總意味作者是非常淵博而雄辯的。又說：因我生性怠懶，不肯去尋找作家來幫助我說我自己也能說的話。

朋友聽了哈哈大笑，說可以替塞萬提斯排除萬難。如果卷首沒有那些必須出於偉人名流之手的題詩、題詞和頌辭，只消作者自己動手做些出來，給它受個洗禮，愛給它們甚麼名字就甚麼名字；至於名句名言，就將平時記熟的，或是不用費力去查的那些拉丁典故成語，看機會放些進去就行；至於書末的注釋，如果書裏提到巨人，就寫上歌利亞，這麼一來，可毫不費力找到一大堆的注釋。

不過，他的朋友最後說，塞萬提斯的書實在不需要那些裝飾，因為那書是對騎士文學的一種諷刺，書裏所講的原是一派荒唐，用不着費神尋找實證；書的目的反正是要摧毀世俗間騎士文學的信用和權威，那就用不着去乞靈哲學家的格言、聖經的義理、詩人們的諷諭、辯士們的詞鋒，乃至聖徒們的玄秘。塞萬提斯就把朋友的話寫在序裏了。

一九八三年八月一日、十八日至二十二日

紐斯達文學獎

一、紐斯達文學獎

美國奧克拉荷馬大學有一份文學季刊，是一九二七年創辦的，到今年，已經出版到第五十四個年頭了。本來，刊物的名字叫做《海外書》（*Books Abroad*），每期大約有六、七百頁，到了一九七七年，刊物的名字改為《今日世界文學》（*World Literature Today*），頁數不變，開本反而變大了，像一本普通的雜誌月刊，而不再像一本短窄的書本。

《今日世界文學》的內容主要分為兩部分，前半部一般上都是介紹和評論世界各地的作家和作品，一年四季中總有一期特別作一個專輯，譬如梵樂希紀念專輯、阿朗素專輯等。近十年來，更每年邀請一位作家到奧克拉荷馬開研討會，然後把會議記錄下來，作一個專輯。近年的作家研討會，出席過的就有博爾赫斯、柏斯

（Octavio Paz, 1914- ）、胡里奧．科塔薩爾（Julio Cortázar, 1914- ）、巴爾加斯．略薩等，拉丁美洲作家特別多。這也是我特別喜歡的原因。除了評介個別作品，刊物還有專題的小輯，如當代文學中的神話、結構主義之後、流放作家群、歐洲散文與戲劇新動向、非洲作品等等。

刊物的第二部分則以報道世界各地出版的新書為主，把各國在這一季中出版的新書或翻譯，由專人評介一番。在這方面，刊物對各國的文學作品的分類是依法文、西班牙文、意大利文、葡萄牙文、羅馬尼亞文、德文、英文、丹麥文、荷蘭文……排列的，每一國的主要文學作品大致上都有報道。刊物最後的一頁，則報道新出的刊物、世界各地文壇的動態、文學獎的頒發，有時更加添一兩則文壇花絮。

十年前，《今日世界文學》開設了一個文學獎（Neustadt International Prize for Literature），是由紐斯達這個富有的家族（The Neustadt Family）每兩年捐助一萬美元給刊物，交由一個評審團，從世界各國中選出一位作者，經過提名、評審選定，再舉行隆重的頒獎會。由於獎金由紐斯達家族捐助，所以該獎命名為「紐斯達文學獎」。得獎者除獲得獎金外，另有一張獎狀及一條銀鷹羽毛。

二、遠方的螢火蟲

《今日世界文學》第一屆紐斯達文學獎的得主是意大利詩人朱塞培．翁加雷蒂（Giuseppe Ungaretti, 1888-1970）。得獎的這一年，他逝世了。他在詩壇上當然不是一個陌生的名字，即使他很少在意大利生活，但在自己的祖國，他也和其他的詩人一般為國人所熟悉，譬如蒙塔萊（Eugenio Montale, 1896- ）、切薩瑞．帕維澤（Cesare Pavese, 1908-1950），以及得過諾貝爾文學獎的夸西莫多（Salvatore Quasimodo, 1901-1968）。翁加雷蒂得獎時，《今日世界文學》的名字還是叫《海外書》，那時候，蒙塔萊也還沒有得諾貝爾文學獎。

翁加雷蒂和他同代的意大利詩人最大的不同，是他的一生大部分時光都在國外生活，而他的詩作受法國詩的影響較多。他在埃及的阿歷山大里亞誕生，然後在第一次世界大戰之前，一直在巴黎長大，中學時入法蘭西學校，大學是巴黎大學。在巴黎，他有許多詩人朋友，其中最為人熟知的是阿保里奈爾。戰時，翁加雷蒂曾在意、法兩地當兵，所以，他的詩有不少和戰爭有關。戰後，他卻老遠地到了巴西，在聖保羅大學當教授。他長期居留在不同的國家，他對當地的文化、語言都有深刻研究，因此，除了自己寫了許多的詩，他的翻譯數量也十分可觀。他翻譯了無數法國古典的和現代的文學作品，並且把巴西的民歌翻譯過來，做了一番推廣的工作。第一屆紐斯達文學獎所以頒給他，固然由於他本身是一個優秀的詩人，但也和他大量的譯作有關。這方面，紐斯達獎的其他得獎者也有過類似的情形。

翁加雷蒂在意大利詩壇上曾經是一個新的聲音，因為他深受法國詩的影響，但這又並不表示他沒有承受祖國的詩的傳統，他的詩，仍有但丁的血液。在一首詩中他說：如今，天空關閉了，彷彿這個時刻，在我的非洲土地上的茉莉花；我在街道的角落搖晃，彷彿一頭螢火蟲。

遠方的詩人，對我們來說，的確是閃閃發光的螢火蟲。

三、一百千瓦的孤寂

紐斯達文學獎每兩年頒發一次，第一屆七〇年的得獎者為意大利詩人翁加雷蒂，第二屆七二年的得獎者則為哥倫比亞小說家加西亞·馬爾克斯。

對於加西亞·馬爾克斯，大家對他就十分熟悉了。譬如現在我們走到書店裏邊去，想找一冊安格里蒂的詩集，找得到嗎？甚至找一本普通一點的意大利詩選集，可能也不容易；可是，如果我們想讀加西亞·馬爾克斯的小說，就容易多了，英文書店裏幾乎有他所有小說的英譯，既有《葉風暴》（*The Leaf Storm*）和《沒有人寫信給上校》（*No One Writes to the Colonel*），又有《百年孤寂》（*One Hundred Years of Solitude*）和《族長的秋天》（*The Autumn of the Patriarch*）。早一年，他的《純真的艾蘭迪拉悲慘的故事》（*The Incredible and Sad Tale of Innocent Eréndira and Her Heartless Grandmother*），名字長得很，也有精裝本在坊間出現；最近，他的《邪惡時刻》（*In Evil Hour*）也到了不少。所以，對於這位以「魔幻寫實」手法著名的拉丁美洲小說家，大家都不可以再說無書可讀了。當然，如果把有關他的評論文章也譯了出版，則更為理想。

《邪惡時刻》雖然最近出版，其實，這是他最早的著作，當年他不打算把它發表，一直收在抽屜裏，當他暫時離開工作地點，朋友在抽屜中找出來，替他拿去發表。算起來，《純真的艾蘭迪拉悲慘的故事》，也是早期的作品，只有《族長的秋天》才是他的近作；當然，他最著名的作品則是長篇《百年孤寂》。

早一個月，讀到一段新聞，說居住在哥倫比亞首都波哥大（Bogotá）的加西亞·馬爾克斯和妻子一同進入墨西哥大使館要求政治庇護。消息很短，所以不知道發生了甚麼事。四月份近期的《時代周刊》則有一段消息，說他上個月匆忙離開波哥大的底層寓所前往當地墨西哥領事館要求庇護，因為害怕將被秘密逮捕，由於哥倫比亞和古巴關係惡化，而卡斯特羅是加西亞（父姓）的好朋友。他的個子並不高大，不修邊幅，他說：我看來似具侵略性，但有點畏羞。

據當地人的報道，他有一座電動打字機，不過，在他的波哥大寓所，有關方面在晚上七點半即把電源截斷。《時周》文字最後一句話說：下一部書，一百千瓦的孤寂？

四、新世界的花朵

去年的紐斯達文學獎是第六屆（一九八〇年），得獎者為加籍捷克小說家喬瑟夫·史考弗瑞奇（Josef Škvorecký, 1924- ）。這六屆紐斯達文學獎中，詩人佔了四位，戲劇家居然一位也沒有，而小說家，則有兩位，一位是哥倫比亞的加西亞·馬爾克斯，另一位則是捷克的史考弗瑞奇。與史氏同時被提名競選的還有法國詩人伊夫·博納富瓦（Yves Bonnefoy, 1923- ），以及德國小說家君特·格拉斯（Günter Grass, 1927- ）。

史氏幼年於布拉格長大，在查理士大學修讀英文及哲學，六九年移居加拿大，現於加拿大多倫多大學任教英美文學。和米和茲（Czesław Miłosz, 1911- ）一樣，史氏也是一名流亡的作家，提名史氏參加競選的另一位美籍捷克小說家洛斯迪說：在一個四十年來沒有民主自由的國家中，史考弗瑞奇的著作在那片土地上成為禁果，但在別的土地上，卻是自由與尊嚴的希望。

史氏的第一部小說，名為《懦夫》（*The Cowards*），內容的背景是寫德軍入侵捷克一個小城，人們在那八天中反抗的情形。小說的主要人物卻是一群男孩子和女孩子，小孩子懂得甚麼呢，他們根本不認識也不理解成人的世界，八天戰爭之後，小孩子都覺得很快樂，因為一切都燒掉了，一切都要改變了，他們覺得可以過新的生活了。

史氏的作品，充滿了捷克式的幽默，他常常用一種偵探的手法來寫小說。他已經寫過十多部小說、五個電影劇本和一些美麗的詩篇。最近，他正在寫的一部作品是以捷克作曲家德伏扎克（Antonín Leopold Dvořák, 1841-1904）為對象，這位作曲家的名著為《新世界交響樂》，他在國外認識別人的文化，融匯一身，但自己仍保留着原來捷克的血液，而這，史考弗瑞奇也正一樣。

史氏並非猶太作家，但他的作品中表現了他對這個種族的關懷。在戰前，捷克有約一萬五千名猶太兒童，到了戰後，只剩下一百名仍然生存。他的《絲弗小姐的往事》（*Miss Silver's Past*），就描述一名猶太女子長大了復仇的故事。

這裏的英文書店中有史氏的《絲弗小姐的往事》和《低音薩克斯風》（*The Bass*

Saxophone），此外，他的英譯還有：《懦夫》、《人類靈魂的工程師》（*The Engineer of Human Souls*）。新作《布魯夫卡中尉的回歸》（*The Return of Lieutenant Boruvka*）剛出版。

五、落進陷阱的美麗獅子

蓮嘉．絲弗坐在她的籐椅中，她的黑貓跳上了圓桌蹲在那裏一動也不動，像一座瓷像。到了星期六，她就要結婚了，但我今天到她的家來，並不是來向她道賀。

自從第一次在海灘上見到她，當時，她穿着比堅尼泳衣，美麗得令我目眩，我就愛上她了。但我花了許多日子，費盡無數心思，仍不能贏得她。她本來是我的一名同僚的朋友，我們都在出版社工作，到了後來，甚至連我們的上司也對她動了心。可是，她如今卻要和另外一個人結婚，我們的希望都成為泡影。

最近，出版社舉行過一次野宴，那天晚上，我的上司不幸在湖中喪生，經過一番追溯，我終於發現原來他是被謀殺的，而殺人的兇手，正是坐在我對面的美麗的蓮嘉。今天我到她的家來，就是要把這件事揭發出來。

她的過往，我如今已經一清二楚，我閒逸地坐在椅上一一對她說出來，她一聲不響，低下頭。我知道她是猶太人，本來的姓氏是絲維斯坦，但大戰之後，猶太人都暗自把自己的姓氏改變，所以她也改為姓絲弗；她不但改了姓氏，還把她在集中營時臂上的烙印號碼用手術消除，以至如今臂上仍留下一處小小的粉紅色方格印子。

蓮嘉的本名也不是蓮嘉，是蓮奧娜，意思是母獅。第二次大戰時，她仍年幼，是一頭幼獅，如今長大了，出落得異常美麗。她一直和我的同僚周旋，可從沒和任何人發生感情，保持和我們交往，目的原來是藉此結識我們的上司，因為我們的上司，在德軍佔領捷克時，曾傷害過她的姐姐。我們的上司，也有他不可告人的「過去」。蓮嘉是一頭前來復仇的獅子，是她，把他殺了。

蓮嘉．絲弗靜靜地聽完了我的話，問我為甚麼不報警，接着問我想勒索她多少錢，而我只對她說：我愛你。我知道我已經變成一個卑陋的人。蓮嘉冷冷的眼睛一片寒意，她把腰間的金屬帶解下放在桌上，舉起手來，觸動頸間的鈕扣。這是《絲弗小姐的往事》，史考弗瑞奇的長篇。最近，史考弗瑞奇榮獲《今日世界文學》一九八〇年度的紐斯達文學獎。

六、蝸牛和它的殼

一九七四年，第三屆紐斯達文學獎的得獎者是法國詩人法蘭西斯・蓬熱（Francis Ponge, 1899- ）。提名蓬熱參加競選的是法國小說家米歇爾・布托爾（Michel Butor, 1926- ）。在呈交評選會的推薦書上，布托爾說，蓬熱的詩屬於散文式的詩，他的作品繼承了波特萊爾、馬拉梅及克勞岱爾的法國傳統。蓬熱的詩，題材都是選取平凡的事物、普通的風景山水，但他並不限於白描，而是在沉思中對事物賦予意義。所以，他的作品，有不少是散文寓言，在很多方面頗似拉封登。

布托爾稱蓬熱為靜物詩的大師，彷佛莫奈和高更。他的詩，反映了作者對生活和藝術的態度。蓬熱有一首詩，名叫〈蝸牛〉，他用整整四頁長的詩篇描寫蝸牛的生活和習性，他說蝸牛以它的整個軀體親吻大地，以它的涼血，在地面上留下一道銀色的軌跡。他寫蝸牛伸展於殼外的肉是必須不停地移動，但它隨時可以退居殼內，封閉自己，阻擋外擾。他寫蝸牛的步觸，緩慢但莊嚴，既不喜歡絕對的乾燥，也不喜歡過多的水分。當蝸牛發怒，它可並沒有特別的方法來表達自己的情緒，只有令自己移動得勤快些。蝸牛所背負的軀殼，既是它自己身體的一部分，同時是一件藝術品、一個紀念碑，比蝸牛本身還要長存。蝸牛能把自己的生命變形為一件藝術品，而這件藝術品，有準確的比例，並非和它本身無關。蝸牛創作了殼，是為了本身的需要，並且，那殼和它自己又是極度配合。

蓬熱寫蝸牛，蝸牛是平凡的小動物，但他的意思當然是指：從事藝術創作的人，豈不就像蝸牛，在自身消失之後，還留下藝術的殼。但是人們創作，能像蝸牛一般，有準確的比例，為了本身需要，而又和一己極端配合嗎？

蓬熱的作品，近年一共有四本英譯：《兩首散文詩》（*Two Prose Poems*），長詩《肥皂》（*Soap*），《詩大集》（*The Grand Collection*），以及《事物的聲音》（*The*

Voice of Things）。他筆下的「事物」並非全是蝸牛、蝴蝶、花朵和飛鳥，在他，任何事物都有聲音，一個橙子或一條毛巾，他都可以和它們對話。

七、沿岸飄居的人

一九七六年的紐斯達文學獎是第四屆，得獎者是美國的一位女詩人伊莉莎白·畢肖普（Elizabeth Bishop, 1911-1979）。她能夠得獎，使我感到十分驚異，因為同時提名參選的還有希臘詩人楊尼斯里蘇斯、波蘭詩人賀伯特以及米和茲，還有美國的詩人羅威爾。不過，畢肖普的得獎，有兩位重要的提名人物：美國詩人阿殊布萊（John Ashbery）及加拿大小說家瑪利·克萊爾·布萊亞絲。

畢肖普有一首〈六行體詩〉（"Sestina"）：九月的雨天，一間冰冷的屋內，祖母在爐前燒開水沖茶，一面讀着歷書上的趣事，隱藏自己的眼淚。小孩則坐在爐前畫畫，畫一間屋子，屋子前畫些花。祖母認為，她的眼淚和屋頂上的雨滴，都是歷書上預言了的，所以她只對小孩說：是喝茶的時候了。小孩則看着茶壺中的眼淚，想像屋頂上的雨點也是這樣地躍舞。孩子在畫中畫上一個男子，衣鈕都是眼淚。祖母把歷書掛起來，歷書中的小月亮都像眼淚一般落下來，落在小孩畫中的花床上。歷書說：是栽眼淚的時候了。

這首詩寫的只是下雨、屋子、祖母、小孩、歷書和爐子，不過，主要的是要寫眼淚。為甚麼要寫眼淚呢，顯然，小孩子並沒有父母，那是一間冰冷的屋子，沒有了中間的一代，是眼淚的源泉。

墨西哥詩人柏斯認為畢肖普的詩具有一種靜默的力量，她的詩，意義不在文字的表面，而在文字與文字之間的空間。柏斯說：二十世紀的詩過於喋喋不休，如今的大學或寫作室應該指導青年詩人如何學習沉默。

在頒獎禮上，畢肖普曾自稱是一頭沙禽，因為她從沒有長期生活在內陸，永遠在海岸邊漂居。的確，她的一生，足跡遍踏許多地方：巴黎、加拿大、美國、秘魯、墨西哥、非洲，還在巴西居住了十五年。她得過許多文學獎，懂得葡萄牙文和西班牙文，譯過不少巴西的詩作。由於她是一個到處為家的人，所以，她的詩，大多和地理有關，關於海岸、沙灘、河流和海洋，連詩集的題目也不例外：《北方與南方》（*North & South*, 1946）、《旅行的問題》（*Questions of Travel*, 1965），《地理三號》（*Geography III*, 1976）。這些詩後來都收入了全集中。

八、孤獨的流放者

紐斯達文學獎第五屆的得獎者，是美籍波蘭詩人米和茲，他在七八年獲得了紐斯達獎，到了八〇年，還獲得了諾貝爾文學獎。諾貝爾文學獎委員會在頒獎詞中說：米和茲在詩歌和散文中描寫的世界是「人類被逐出天堂後的生存狀況」。

米和茲是詩人，但他同時是小說家、評論家，而且翻譯數量之多十分驚人，他精通俄、波、英、拉丁、希臘文和希伯來文，主要用波蘭文寫作。他的詩作，有六本已譯成英文，多半還是由他親自翻譯；由於他的譯作，一般的讀者才能認識當代的波蘭詩作。他也把莎士比亞、密爾頓、波特萊爾、桑德堡和艾略特的著作譯成波蘭文。

米和茲的創作博採古典和現代不同流派而自成一格，他認為詩人應當用質樸的語言反映真實，摒棄華麗的詞藻。米氏早年在故鄉上中學和大學，靠獎學金留學巴黎，第二次世界大戰期間，在華沙參加波蘭對德軍的抵抗運動。一九五一年，因不滿波蘭當局的政策，流亡國外；六〇年後到了美國，現在加州柏克萊任教。米氏自稱是一個孤獨的人，過着隱居的生活。他在《被禁錮的思想》（*The Captive Mind*）中寫道：流亡是一切不幸中最不幸的事情，我簡直墮進了深淵裏。

米和茲創作的主題，常常是他的遭列強鐵蹄蹂躪的遍地創傷的祖國，他在回憶中描述童年的故鄉，是森林、湖泊、溪流之鄉，四周是樹木蔥籠的小山谷，但這塊土地沒交上好運，做夢也不會想到，就在這美好的大地上竟然會發生大屠殺和大流放。

最近《被禁錮的思想》到了書店。他的主要詩作，收在《冬鈴》（*Bells in Winter*）中，值得一看的是他的自傳《吾土吾國：自我的探索》（*Native Realm: a Search for Self-Definition*）。米氏共有兩本小說，《奪權者》（*The Seizure of Power*）

及《伊薩山谷》（*The Issa Valley*）.，後者在出版中，前者似未有英譯。米氏的新作是一本評論集《大地的國王》（*Emperor of the Earth : Modes of Eccentric Vision*）。他還寫過《波蘭文學史》（*The History of Polish Literature*）。

〈嘴含康乃馨的男子〉

大除夕，在葡萄牙一個小鎮的廣場上擠滿了人，人們不停看錶，送別將逝的舊年，迎接將臨的新年；十二點正一到，人們快樂地互相擁抱，廣場上擠得水洩不通，任何人都能夠一觸手擁抱任何人。

一名從智利來的獨身女子，也到廣場上來看看，在人群中，她發覺耳邊有一朵花在顫抖，當她回轉身來，看見一個嘴巴裏含着一朵康乃馨花莖的年輕人。像四周歡樂的人們一般，他也用手輕輕地圍摟着她的肩。他們一起被人群帶着向前移動。一個狂歡的日子，每個人都唱歌，喝香檳。

他們一起進入餐室，吃三文治，喝紅酒。嘴裏含着一朵康乃馨的年輕人操着流利的西班牙語，說他的名字是何塞，他說他很快樂，因為他剛從獄中出來，已經被囚禁了一年；而他的父親則被囚禁了五年，後來逃獄，死於法國。不久，他們把酒喝光，把三文治吃得一點不剩。

「讓我付了帳，我們回家去，和我一起度過這個晚上吧。」何塞說。

「我不想這樣。」她說。

「你不喜歡我嗎？」

「不，喜歡你的。」

「那麼是為了甚麼？」

「我只是不想。」

「你一定是生我的氣，因為我一直沒把康乃馨從我的面前移開。」

他送她回旅舍，在旅舍的門前，她說，她有一個五歲的孩子，在室內。沒有丈夫，因為她是寡婦。明天一早，她就要離開這裏，到羅馬尼亞去。於是他們互相道別。當她正準備休息，何塞卻回到旅舍來，找到了她的房號，打開門走進來，把嘴裏含着的康乃馨取下，插在花瓶裏，和許多的康乃馨聚在一起。他看了她一眼，雙手放在口袋裏，終於離去。

〈嘴含康乃馨的男子〉是智利新一代作者斯卡爾梅達（Antonio Skármeta, 1940- ）的短篇小說。在葡萄牙，康乃馨是反法西斯主義的象徵。

一九八一年一月二十一日

〈圍繞臥室的旅行〉

美國詩人露意莎．保瑾（Louise Bogan）的一個短篇小說，寫的是一次旅行，但她寫的旅行，不是到遠方去，不是離開自己的家和居住的城市，而是留在自己的房間，那是〈圍繞臥室的旅行〉（"Journey Around My Room"）。

那是一個不太小的房間，她寫，旅行的起點最好是從睡床開始，時間最好在午夜，或者清晨。午夜時，月色瀉進來，可以引領旅者的視線；清晨時，柔弱的陽光使室內的物體明朗。房間是寬闊的，呈四方形，天花板很高，地板擦亮，牆上糊着花紙，有點潮濕，卻一塵不染。

室內的南面有一座壁爐，爐楣架上放着一列書本、四枚貝殼、一幀照相，牆上正中掛着一幅日本畫。室內的西面有兩把椅子、一個衣櫃；在西北的角落上有一個窗，窗前是一張寫字桌，桌上堆滿了雜物，有相片、墨水瓶、煙灰碟、鉛筆筒、枱燈、裁信刀、空的郵票盒、一疊白紙等，牆上的掛架上排滿了文學書冊。牆上有兩幅畫。

房間的北面是睡床，然後是一張小桌，桌上有一盞燈，牆上有一幅畫，畫內是水瓶、一個碗和兩隻檸檬。房間的東面有一隻非常美麗的矮櫥，裏面放着襯衫、毛巾、床單和枕套，櫥身上佈滿了細緻的雕刻，刻着玫瑰、葡萄、向日葵、無花果、攀牽的花藤。櫥的末端也就是旅程的盡頭，或者，換一句話説，正是旅程的起點。

對於旅行，旅行者自問，自己如何抵達起點，如何來到窗前、牆前、壁爐前，怎麼會站在天花板下、地板上？旅行者怎樣到這個地方來？既沒有地圖，沒有山脈湖泊的表格，沒有六分儀，沒有海岸線可供參考，即使有過指南針，大概也已經失落，或者，根本不需要。

房間的北面床邊有一扇門，通向廚房；廚房有一扇門，通向大街。許多許多年以前，通過那些門，是旅行者的父親把旅行者帶進這房間來的。如今在室內，旅行者躺在床上，在午夜或清晨，可以記憶起無數的往事，可以常常和夢境邂逅，在夢中，往事一一回來，譬如：一列火車，怎樣把旅行者帶到這個城市，進入斗室。

在臥室中旅行，繞了一個圓圈，生命，何嘗不是一個圓圈。這是小說嗎？每天的旅行多麼相像？

一九八一年一月二十五日

穿越玻璃的牆壁

提起超現實手法的小說題材，或者魔幻寫實的情節，總叫人想起當代的拉丁美洲作品，其實，並非所有的拉丁美洲小說都充滿超現實的魔幻場景，而其他各國的小說，就只是一條直線的自然主義。拉丁美洲小說在魔幻君臨之前，倒是非常寫實的，各國不同的本土寫實。另一方面，歐美也出現超現實的魔幻作品，和拉美作家的作品互相輝映。

譬如法國，且舉一個法國小說家筆下的例子：〈金魚缸〉。

小說寫一條金魚在我面前的魚缸裏團團轉，使我簡直沒有辦法集中精神。我的視線不斷遊蕩來回，投在這閃亮移動的生物上面。這小小的生命，侵擾我的寂靜。

由於長時期對着魚缸凝視，我覺得，彷彿缸中的魚兒漸漸已經穿逾了玻璃的牆壁，竟然是在我的房間內游泳，而且，以牠翻滾金色的波浪，在我的面前戲謔。

這一天，我實在不能忍下去，就把金魚缸打碎，地面上閃起一片亮光，彷彿抖落一串星星。為了證實我的報復絲毫不假，我把這小小的生物撿拾起來，牠在我的手中作了最後的掙扎。後來，終於靜止不動了。

魚不動了，可是，我卻驚異地發現，這冰凍的物體，在我的手指之間，被我握住的，卻是一條金色的鑰匙。就是這一條鑰匙……我像觸了電似的明白了。

我像着了邪似的飛跑出我的房間，一夜趕進城裏去，帶着這條奇異的鑰匙，打開了一扇門，進入了一所屋子。這間屋子，即使在早一個晚上，對於我來說，仍是禁土；這間屋子，是我所愛的女子的家。

她在等我，完全脱胎換骨，比我上次在夢境中見到的她還要美麗一千倍。我用雙臂把她抱在懷中，不過在這一剎那間，她軀體蠕動，使我追憶起家中金魚最後的掙扎。這時，她已像流動的河一般圍繞着我。

我四周的牆壁忽然閃爍起來，彷彿水晶一般，有一陣冰冷的涼意直透我的四肢，我能夠感覺得到，充滿無助的驚恐，我的皮膚漸漸硬化起來，而且長出了魚鱗。

〈金魚缸〉是法國作家馬瑟·巴紐（Marcel Pagnol, 1895-1974）的一個短篇小說。作者並非當年超現實主義的中堅份子，作品卻充滿超現實意味。

一九八一年一月二十八日

老頭子找你談談

某夜，陀思妥耶夫斯基正在燭光下寫稿，忽然聽見敲門聲，由於已沒有僕人，就應門道：請進來。門緩緩打開，一道奇異的光閃入室內，跟着進來一個中等身材的鬍鬚男子，身穿黑大衣、條紋褲，背上有翅膀，室內的光線就是從他身上發出來的。生命已經教會陀思妥耶夫斯基對一切不要感到驚訝，於是他對這奇異的訪客處之泰然，當他是個普通人。

請坐，能有甚麼可以效勞呢。《罪與罰》的作者說。造訪者對主人把自己當作普通人看有點懊惱，不禁搖了搖頭。他說，我是天使加伯列，代表天國與俗世的權力而來。老頭子要和你談談，而我來帶你去見他。陀思妥耶夫斯基站起來，整整外衣說：隨時可以啟程。

上帝摸摸鬍子看看作家說，我的朋友陀思妥耶夫斯基，我想告訴你的是，我們這裏每一個人對你的才華的發展均極感興趣，只是，該怎麼說？我們認為你可以把你的才能派上更好的用場，唉唉，請不要生氣，我的意思是，在描寫我所創造的生命時，你似乎是集中在黑暗的一面，你顯然是忽視了我的成就。我親愛的朋友，你必須記得，我不過是在六天之內把他們做成，因此，顯然地，在這裏那裏，總有些不怎麼令人滿意的地方。

天父花了不少時間繼續強調這一點，他向作者的良心呼籲，從樂觀的觀點出發，動之以情，並且按照事實來證明，也同時創造了歡樂、輕快和田園式的愛。

當陀思妥耶夫斯基回到家中，反覆深思，覺得有點為神難過，啊，他想，神還打算為人類盡力作最好的事情哩，神需要幫助。好吧，為甚麼不呢，我就寫一個有關田園式的愛情小說給他好了。

於是，陀思妥耶夫斯基坐下寫《卡拉馬佐夫兄弟們》。

〈陀思妥耶夫斯基生命中不為人所知的片段〉是波蘭作家史坦尼斯羅·戴格特的短篇。戴氏的作品，通常充滿幽默的諷刺。

一九八一年二月二日

到河的下游去賞花

為了修築這大湖的下游，沿岸有三個村子一百二十戶人家要沉入湖底，可是直到現在還有三戶不肯遷移，阿蓮婆就是其中之一。另外兩家都是鄰村的，所以，阿蓮婆就成了本村唯一還在勇敢地同工程公司對抗的人了。至於阿蓮婆為甚麼不肯搬，確切的原因她自己也不知道。反正她就是要反對，這也都是較正確的答案了。

自從沒了丈夫，阿蓮婆依靠兒子寄錢度日以後，就變得甚麼事都要反對了，且不說自己的兒子和媳婦，世上一切人都在說一些她不能不反對的話。她想往東，世上的人一定說該向西；她認為是黑的東西，別人卻把它說成白的；明明是彎的，所有人又都說是筆直的。阿蓮婆不得不承認，從拿、放一雙筷子到坐、立的樣子，自己的意向都同別人不合。

現在，阿蓮婆已經完全死心了，因此事無巨細，她對自己以外的任何人一概表示反對，造大壩這件事也是這樣。這個工程三年前就提出了，當時村裏開了好幾次會，每次的決議大家都是反對，但是不到一年，當初反對的人全部變成了贊成派，因為補償費比原先的多了近兩倍，大家左右權衡，發現還是同意建大壩對村裏人有利。阿蓮婆卻不改初衷。

村子堤上的櫻花正在盛開，這些美麗的花，明年春天將沉沒在湖底了，於是，村上發起了舉行一個賞花會，歡迎大家去賞花，因為這是最後的一次了。阿蓮婆決定不去，賞甚麼花呀，村子都要成為湖底了，哪來那麼大的雅興。

阿蓮婆在家中爐邊曲着身子，枕着手，一直睡到傍晚。當她睜開眼來，木板套窗的走廊外已經是一片黃昏的景色，河對岸的山腳下已伐掉了不少樹木，據説堤壩的水面一直要淹到那裏。阿蓮婆突然感到門外彷彿汪洋一片，一種從來沒有過的寂寞沁入她的心中。於是，她決定去看看櫻花了。

阿蓮婆是日本作家井上靖短篇小説〈攔河壩的春天〉中的一個人物。

一九八一年二月三日

〈第一次和父親上教堂〉

狄米特里啊，看在老天爺的面上，看在孩子們的面上，離開了這群魔鬼吧。說着說着，她就啜泣起來。而狄米特里卻說：天曉得，我不是對你講了幾百遍嗎，不要平白無故地哭哭啼啼說教！我的頭腦沒有被烏鴉抓去，用不着一個女人常常來教訓我。

日子一天一天過去，狄米特里照老樣子過着，他固然也常常把大把的錢帶回家，可是也有賭輸的時候，回家時常常沒有了指環，沒有了錶，沒有了鏽金銀的腰帶。有時候他卻會帶兩三隻錶，或者幾隻戒指回來。有一次是一雙靴子和一件皮的長大衣；另一次是一副馬鞍，然後又是一打銀匙；另一回是一整桶李子白蘭地。真是無奇不有。

狄米特里以前總是出外，後來，人們都聚到家裏來，關在一間大房間裏，點了許多蠟燭，金幣在桌子上叮叮噹噹地發響，抽煙抽得滿房間煙霧騰騰，紙牌刷刷地在桌子上翻飛。有一個晚上，他們又擠在房間裏，直蕩到天亮，狄米特里沒多久就從房間裏出來一次，出來就對妻子說：再給我一些錢。

天亮之後，人們都走了，房內淩亂不堪，狄米特里獨自坐在椅上，手抱着頭，一句話不說，一動也不動，就一直坐在那裏。晚上，他從房間出來，看了一遍睡熟了的兒女，然後躡足走到一個鈎子下，小心地拿下那枝銀柄手槍，放進外衣袋裏，大踏步走了出去。他剛走，他的妻子就跟着出去，當他在簷下拔出手槍，她上前呼喚他。

「別管我，我毀了。」他說，「我把所有的東西都輸掉了，馬也輸掉了，還有牧場，還有這所房子。」

「親愛的，輸掉了又怎樣呢，這不都是你掙回來的嗎？那匹馬是蹩腳馬，牧場只是一片荒地，房子又算得了甚麼，你是一家之主，我們賴以為生的既不是房子也不是牧場，只要你和我們廝守在一起，我們就沒有一個會挨餓。」她說。這時，教堂忽然傳來早禱的鐘聲，狄米特里回進屋子叫醒兒子說：孩子，起來，我們上教堂去吧。

〈第一次和父親上教堂〉（"To Matins with Father for the First Time"），南斯拉夫作家拉查·拉查萊維奇（Laza Lazarević）的短篇。

一九八一年二月十一日

不過兩顆鉚釘

城市公園旁邊有一個鐵路的閘口，每到火車經過的時候，閘口的橫桿就會放下來，阻止一切的車輛通過。這天，鐵路閘口的橫桿放下來之後，就沒有再升起來，因為橫桿上的一顆螺絲釘斷了。

看守鐵道的管理員到鐵路中心試圖想找一顆螺絲更換上，卻找不到，原來這邊的是英國進口的，英國已經不用木頭桿子攔住車輛，所以出產這類釘的工廠已經不製造這類釘了。

看守員告知站長，他用同款鉚釘就能把橫桿修理好，且可再用幾年，但有個條件，要給三十塊的獎金給他才幹，因為他的靴子穿了五年，已經壞了，想要這獎金去打個釘。但是站長沒有轉發獎金，於是看守員無奈地走了。

鐵路路口是交通要點，由於橫桿升不起來，全國三分之二的汽車都堵塞在路上，想過路的進不來，想倒後的出不去。站長向國家鐵路局請示，到外國訂貨買螺絲釘，鐵路局只答應過幾年才可以湊達一千五百萬顆進口，一顆兩顆是不能訂購的，日前也沒有辦法找到半顆。

鐵路局把情況上報「道路和國內外交通事務委員會」，委員會派了九個工程師、四十個技術員和一個工人乘坐直升機來視察，只在路口掛了個牌，「此處交通督導時間可能超過十分鐘」，然後一群人打起撲克牌來，到了五點半，出差足夠一天，便收隊乘直升機回家去了。

橫桿仍舊沒有升起來。有關當局決定修建一條簡易道路繞過鐵路地方。任務卻交給了一位沒有經驗的工程師，建造起來的路程要穿過一個菜園子、一家文具店，以及年長老太太的廚房。於是，要再另修公路，並且舉行了全國的設計賽，獎金一百萬福林，結果審決在鐵路遠口上方建高架路橋樑。

第二年年底，架空天橋竣工，最終，工程在建築時作了複議，最後落成的竟是幾座火箭發射場。火箭發射場的落成典禮極為熱鬧，市長可以在典禮中看到現場直播，不過，在發射第三枚火箭時，發射台的發動機裏有一顆螺絲釘斷了。

〈斷螺絲〉，匈牙利作家莫爾多瓦・久爾吉（Moldova György, 1934- ）的短篇。他另一名篇是〈會說話的豬〉。

一九八一年二月十三日

我不是施迪拉

名叫懷特的男子，從美國到瑞士來，在瑞士的邊境被捕。原因是：懷疑他是失蹤了六年的施迪拉。

懷特一直否認自己是施迪拉。在被拘留的期中，他曾多次遭受詢問、盤審而且證人一個個出現，但是懷特仍然說，他不是施迪拉。那麼，懷特本身又是一個怎樣的人呢？於是，在監獄中，他就不停講述過往的經歷，說他在墨西哥做了些甚麼，在西班牙如何生活，等等。總之，他不是施迪拉。雖然懷特否認自己是施迪拉，但控方證人又一一證實他是失蹤者。施迪拉本是瑞士人，蘇黎世出生，是一名雕塑家，娶妻朱麗嘉；失蹤了六年，失蹤前住在蘇黎世，有一座作坊。

施迪拉的兄弟寄了信來，後來還來探訪他；施迪拉的妻子，是一位舞蹈家，住在巴黎，也專程到瑞士來見丈夫。他們都認為自稱懷特的人就是施迪拉，但是懷特堅決否認，雖然種種跡象都證實他是失蹤者。

弗里施（Max Frisch, 1911- ）的《我不是施迪拉》（*I'm Not Stiller*）是一九五四年的作品，小說共分兩部分：第一部分是施迪拉在獄中所寫的七本筆記，敘說他過往的生活，堅決否定自己是施迪拉；第二部分則是主控官的陳述，是一篇後記，寫施迪拉被釋出獄後的生活。從七本筆記中，讀者其實也不易辨別懷特是否就是施迪拉，因為有的記事是正面，有的片段卻又屬反面。比如說，施迪拉的兄弟和妻子都認為懷特其實就是施迪拉，但是，當懷特牙痛時去看牙醫，牙醫找到的施迪拉牙患病歷，發現彼此的牙齒似乎不同。此外，施迪拉的兄弟提起母親和童年的往事，懷特又覺得那並不是他自己的母親。於是，讀者一面閱讀，一面感到撲朔迷離。

筆記中記敘了幾段戀愛，但愛情並不能持續，相戀的人終於分手，反映出主角人物婚姻的失敗、人與人之間的疏離。施迪拉是一個怎樣的人呢？看來，他相當女性化，缺乏意志力，常常否定自己的身份，不想扮演原來的角色。他的智力中等，本來下決心做的事往往不能完成，勇氣不足，卻又忽然會去冒不必要的險，以證明自己是個鬥士。他充滿幻想，是個衛道者，不好爭辯，尚算愉快，予人好感，失敗時退隱，陷於憂鬱狀態。他對未來充滿憧憬，卻總覺得別的地方比這裏好、將來比目前好。他喜歡秋天不喜歡夏天。婦女很快就認為他了解她們。他很少男性朋友，在男人群中，他覺得自己不類男子漢，其實，他真正畏懼的還是女性。他不接受被他人當作施迪拉的身份來愛護，因此，他下意識地忽視真正愛他的女子，一旦他對她的愛認真起來，結果就得接受自己的身份了，而這是他不願意承擔的事。施迪拉是一名雕塑家，這個人，雕塑作品時不斷尋求完美和諧，不過，卻沒有能力和意志去把自己雕塑成一個更好、更完美的人。從《藍鬍子》(*Bluebeard*) 回溯到《我不是施迪拉》，我們發現弗里施的主題和表現方式均一脈相承，三篇小說都描述人與人之間不能融洽相處，個人無法接受現存的身份。《製造的人》和《我不是施迪拉》都用筆記體自述故事；《藍鬍子》和《我不是施迪拉》則採用審訊的方式揭示真相，呈現模稜兩可的人物面貌。弗里施作品中有許多異國風情的片段，這也是他小說的特色。他的英譯小說不多，即使都看一遍，也得再讀讀他的劇本，才能更了解這位作者，因為弗里施除了小說外，還有許多戲劇作品。

一九八六年四月五日

製造的人——小說 Homo Faber

法柏爾（Walter Faber）是一名工程師，在聯合國工作，常常要到處開會研討，到未發展的國家去提供科技援助。這是一個現代人，文明的產物，喜歡的只是機械的數表，鄙視文學和夢想，而且對人愈來愈厭倦。

他又乘搭飛機了，這一次，是到拉丁美洲去，坐在他旁邊的是一名德國青年，叫賀拔，不時向他攀談，令他不勝其煩。剛才，在機場等候飛機，他已經給情婦纏了三個小時，那個女人，他是決不會和她結婚的，他根本沒有結婚的打算。

從前，有一次，法柏爾差不多就結了婚，他和漢娜已經到了婚姻註冊署，但漢娜改變了主意，決定分手。當時的情況是這樣的：兩個人都年輕，經濟情況欠佳，法柏爾還和父母同住，而且，漢娜是半個猶太人。後來，法柏爾找到了一份工作要離開家鄉，漢娜卻剛好懷了孕；孩子要不要生下來、職業要不要放棄？法柏爾決定先結婚再說，但漢娜拒絕了，因為法柏爾在討論懷孕的事時說了「你的孩子」，而不是「我們的孩子」。

法柏爾有一位德國好友叫賈，他打算和漢娜結婚時，賈還是一名醫學生，他說，如果漢娜不要孩子，他願意協助。

法柏爾結果離開家鄉，知道賈會護理漢娜。這三個人自此分別，竟三十年了。法柏爾只知道賈後來到了南美，在危地馬拉生活。他的飛機發生故障，被逼在墨西哥沙漠邊緣降落，乘客就滯留在沙漠上四日三夜。在這段日子裏，法柏爾煩厭極了，只能和另一德國朋友賀拔下棋度日，閒談之下，原來賀拔竟是賈的兄弟。法柏爾總是從一個地方，飛到另一個地方，從這個城市，到那個城市，彷彿在逃避甚麼似的，對婚姻，對愛情，對人生。他以為甚麼都可以準確地計算，都在掌控之中，卻一直生活在浮雲之中。飛機的故障擾亂了他的時間表，既然出了常軌，乾脆決定跟隨賀拔到危地馬拉去探訪賈。

從賀拔的口中，法柏爾知道賈和漢娜後來結了婚，但又分開了。兩個人很困難地抵達目的地，卻發現賈在房子裏懸樑自盡。

他為甚麼自殺？法柏爾一直不明白。生活得機器般準確的法柏爾不明白的事還多着呢，他只知道，一切都是「意外」，自從飛機故障開始，意外接二連三而來。比如說，從南美回瑞士後，他的工作是到巴黎去開會，本來，他該乘搭飛機，結果，卻改搭輪船，而在輪船上，他遇見了一個梳馬尾穿牛仔褲的年輕女孩，奇怪地發生了戀愛，使他居然打算結婚。

更大意外的事並不僅僅是法柏爾想到要和女孩結婚，而是後來他才發現，這個和他生活在一起的十八歲女孩，竟是他的女兒；漢娜把孩子生下來了，他一直不知道。孩子在美國讀書，放假回希臘去看望母親。

希臘悲劇中的奧狄佩斯殺了父親、娶了母親，雖然他並不知道，但這是悲劇，於是奧狄佩斯刺盲了雙眼，離開底比斯，流浪異鄉。法柏爾和他的女兒，同樣由於不知道而發生了悲劇，結果又如何？

一天，法柏爾和女兒在希臘的海灘游泳，她站在堤上，忽然被一條毒蛇咬了，

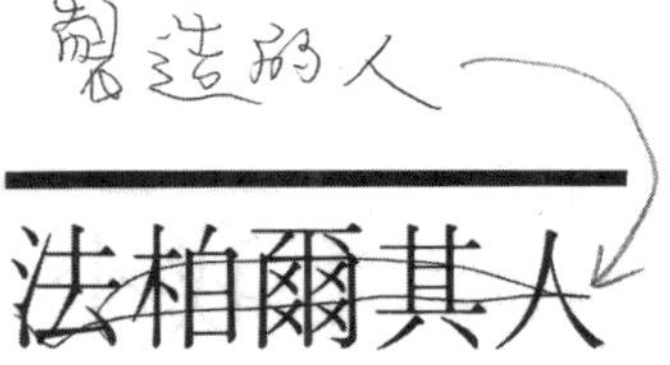

●阿果

法柏爾是一名工程師，在聯合國工作，常常要到處開會研討，到未發展的國家去提供科技援助。這是一個現代人，文明的產物，喜歡的只是機械的數表，鄙視小說和夢想，而且對人愈來愈厭倦。

他又乘搭飛機了，這一次，是到拉丁美洲去，坐在他旁邊的是一名德國青年，叫賀拔，不時向他攀談，令他不勝其煩。剛才，在機場等候飛機，他已經給情婦纏了三個小時，那個女人，他是決不會和她結婚的，他根本沒有結婚的打算。

從前有一次，法柏爾差不多就結了婚，他和漢娜已經到了婚姻註冊署，但漢娜改變了主意，決定分手。當時的情況是這樣的：兩個人都年輕，經濟情況欠佳，法柏爾還和父母同住，而且，漢娜是半個猶太人。後來，法柏爾找到了一份工作要離開家鄉，漢娜卻剛好懷了孕；孩子要不要生下來、職業要不要放棄？法柏爾決定先結婚再說，但漢娜拒絕了，因為法柏爾在討論懷孕的事時說了「你的孩子」，而不是「我們的孩子」。

德國青年使法柏爾想起他的好朋友賈，他打算和漢娜結婚時，賈還是一名醫學生，他說，如果漢娜不要孩子，他願意協助。法柏爾結果離開家鄉，知道賈會護理漢娜。而三個人自從分別，竟三十年了。法柏爾只知道賈後來到了南美，在危地馬拉生活。

飛機發生故障，被逼在墨西哥沙漠邊緣降落，乘客就滯留在沙漠上四日三夜，在這段日子裏，法柏爾更煩厭了，只能和賀拔下棋度日，閒談之下，原來賀拔竟是賈的兄弟。飛機的故障擾亂了法柏爾的時間表，既然出了常軌，乾脆再不按本章辦事，法柏爾決定跟隨賀拔到危地馬拉去探訪賈。

從賀拔的口中，法柏爾知道賈和漢娜後來結了婚，但又分開了。兩個人很困難地抵達目的地，卻發現賈在房子裏懸樑自盡，

阿果〈法柏爾其人〉，後更名為〈製造的人〉。

從堤上跌下來，法柏爾幾經艱苦，才把她送進醫院救治。結果，女兒死了，並非死於蛇的毒素，而是跌碎了的頭骨，當時沒有引起注意。法柏爾自己呢，他患了胃癌，生命可能也不會長久了，小說是他在醫院中的回憶，人們帶他進手術室。但他的結局，會是意外嗎？

一九八一年二月二十二日

《巴別之塔》

卡內蒂（Elias Canetti, 1905- ）是德語小說家。他主要的作品為《巴別之塔》，這部長篇著作，由德文原著到英譯，一共用過三個不同的書名。原著的書名是 *Die Blendung*，德文意思是盲目，譯成英語是 *The Blind*，誰是盲目者呢？

書中的主人翁彼得·基恩，是一名著名的學者，卻被一名文盲的妻子，以及殘暴的看更壓迫，終於離開家庭，由一名喜好下棋的侏儒帶他進入城市光怪陸離的下層世界，一個地獄似的地方。最後，學者回到家來，他的兄長來探訪他，這位兄長本是一名傑出的精神病醫生，但由於診斷的錯誤，使學者踏上敗亡的道路。

《盲目》的英譯本，最初採用的書名是 *Auto-da-Fé*，這是西班牙文，意思是判決，是中世紀天主教會，宗教法庭所下的判決，對異教徒的判決一般是火刑。主人翁彼得·基恩，在維也納的一間屋子的頂樓上，擁有一座他自己的圖書館，他的妻子本來是那座屋子的房東，用了詭計才使他娶了她。屋子的看門人，又是一名殘暴的納粹式人物。最後，學者回到他的家去，用火焚毀了他的圖書館，並且逗留在那裏自焚而死。

《判決》的英譯本，應是重譯吧，最近採用了另外一個新書名，名為《巴別之塔》（*The Tower of Babel*），書名出自聖經〈創世紀〉第十一章：那時天下人的口音言語，都是一樣。他們往東邊遷移的時候，在示拿地遇見一片平原，就住在那裏。他們彼此商量說，來罷，我們要作磚，把磚燒透了，就拿磚當石頭，又拿石漆當灰泥。他們說，來罷，我們要建造一座城，和一座塔，塔頂通天，為要傳揚我們的名，免得我們分散在地上。耶和華降臨，要看看世人所建造的城和塔。耶和華說，看哪，他們成為一樣的人民，都是一樣的言語，作起事來，就沒有不成就的了；我們下去，在那裏變亂他們的口音，使他們的言語，彼此不通。他們在地上分散開來，就停工不造那城那塔了。因為天下人的言語變亂了，眾人在地上分散了。那城就名叫巴別。

巴別之塔，是通天塔的意思。巴別，則是變亂的意思。巴別，就是後來的巴比倫。阿根廷作家博爾赫斯是阿根廷國立圖書館的館長，他一生大部分的時間都在圖書館中度過。對於圖書館，他寫過一個精彩的小說，名為〈通天塔圖書館〉，並不短的短篇，那個圖書館，包羅萬有，可是沒有兩本書是相同的。卡內蒂的《巴別之塔》，主人翁在維也納的屋子頂樓上，也建立了他的巴別圖書館吧，然後，他把所有的書燒毀了，包括他自己。

法蘭明斯畫家老布魯哲爾，畫過兩幅《巴別之塔》，現藏維也納康定斯鄉列治斯博物館。卡內蒂小說中的光怪陸離世界，有如畫家博殊（Hiëronymus Bosch）的世界，一個變亂的世界，而博殊，則是老布魯哲爾的先驅。

一九八一年二月二十三日

寓言小說家高定

當一九八四年漸漸逼近，人們忽然竟都想起英國小說家奧維爾的《一九八四》來。小說中的世界和今日的世界可有相似之處呢？奧維爾（George Orwell, 1903-1950），他離開了我們，已經三十三年了。過去許多年，不少人把閱讀小說的焦點自英國移轉，然而諾貝爾的評選團，卻在這個時候把文學獎頒給威廉．高定（William Golding, 1911- ），頗使人感到意外。

威廉．高定，英國小說家，一九三五年畢業於牛津大學。初習自然科學，後轉修英國文學。第二次世界大戰期間，曾在英國海軍服役，後來一直從事教育工作。他喜好考古以及航海，這，在他的小說中可以找到痕跡。

一九三四年，高定出版過一本詩集。他又寫過一個叫做〈特使〉的短篇小說，是一個充滿幻想的作品，內容描述古羅馬時代的科技，講些還未成熟的新產品，例如：壓力鍋、汽船、火藥、指南針及印刷術等等。這個短篇小說，他後來改為舞台劇，曾於一九五八年在牛津新劇場上演，劇名為《銅蝴蝶》。劇本亦在該年出版。除劇作外，高定還寫過廣播劇。

威廉．高定在六十年代主要的作品有四部，分別為一九五四年的《蒼蠅王》（*Lord of the Flies*），這書被多間出版社拒絕，最後經編輯大加刪削改動才得以出版，竟成為他最出名的作品。一九五五年的《繼承人》（*The Inheritors*），一九五六年的《品徹．瑪丁》（*Pincher Martin*），以及一九五九年的《自由降落》（*Free Fall*）。四部小說都是仔細經營的寓言，以強有力的文字，反映人類的不同處境，於危機四伏、災難重重中，偶然顯現不穩定的生機和希望。小說中不乏殘酷的場景，令人震驚。

香港的讀者對《蒼蠅王》不會感到陌生，因為自一九五四年以來，該小說早已有不同的中文譯本，六三年又拍過電影，而且原作還是一般中學的選讀本，題材雖然深沉，倒頗適合中學生閱讀，因為小說中的主要人物就是一群男孩子，他們本來是一群接受良好教育的學生，忽然因意外而流落到太平洋的一個荒島上，人人為了自衛求存，竟然變成了野獸一般的野蠻人。依據高定自己的說法，這個小說主要是「嘗試刻劃社會的弊病，從而追溯到人類本性的缺憾」。作者在小說中雖然承認人性中潛藏着善良的一面，可是，一旦離開了文明社會，人性中惡毒的本能就暴露無遺，因而爆發善與惡的衝突。結果，學生變成了殘殺同類的野蠻人。批評家認為《蒼蠅王》反映了經過兩次世界大戰之後，西方國家對人性中的惡表示了恐懼。

《繼承人》講述舊石器時代亞當式人物的挫敗，頗有聖經中初民的隱喻，最初的真誠人原來正是最早那些罪惡人，他們只剩下一絲原始的純真在人類的歷史中留傳。當然，如果我們讀過《蒼蠅王》，就明白高定的題旨，人類到底繼承了祖先的甚麼品德呢？其中有善的一面，但更強的，還是另一面的惡。

《自由降落》則是一名藝術家的自傳，在戰爭與和平兩段不同的時間內找尋自己生命的模式，尤其注意到個人的轉變，如何由一個沒有罪惡的自由童年，過渡到成為真正充滿罪惡的不自由的成年人。「自由降落」本來是跳傘時用的術語，意指由空中跳下時，降傘未張開前的降落，這個小說，高定明明借喻一個人從童年進入成年階段的過程也是一種降落。從天空跳傘本來沒有高低、善惡之別，可是在小說中，降落，事實上就有了沉淪、墮落的意思了。人類所以會充滿罪惡，似乎是很自然的事，因為他們本來就有那種傾向，人之初，性本惡，所以惡的流露是自由滑降的。問題是，高定一再肯定人類有善良的一面，如果不加以表揚、啟發，一旦遇到困難，善的一面就更加一敗塗地了。

《品徹．瑪丁》曾被認為是高定最好的作品，描述一個吝嗇、卑鄙，又自我中心的傢伙，名叫品徹．瑪丁。小說一開始，此人快要溺斃了，但他仍有一段小小的痛苦的時刻要過，因為他竟浮存在大西洋的一塊荒石上，那塊石頭，大概就是品徹．瑪丁踏上的淨界了。他其實是死定的了，但目前還沒有死透，受溺的腦袋不住思前想後，想像的世界和真實的世界相互交融，他努力嘗試拒絕死亡。他想像自己生，但面對的卻是死。

高定的小說，都是寓言，人類的處境和場景都由他個人經營，他顯然擅長把人們孤立起來，審視他們的變化，然後仔細分析原因。在空間上，高定筆下的人物是被隔絕的，但在時間上，那些人物卻和自己以及群體的過往相連接。他重視文字密度的結構，主題是人性的兩面，他其實是道德家，只是邪惡的一面寫得較深刻而已。

近二十年來，高定創作不倦，一九六四年的《塔尖》（*The Spire*）、一九六七的《金字塔》（*The Pyramid*）、一九七一年的《蠍神》（*The Scorpion God*）和一九八〇年的《航禮》（*Rites of Passage*）。我想，我們閱讀這位七十高齡的作家的時候，何不同時讀讀他的同輩及先驅的作品，譬如：奧維爾、威爾斯、康拉德。他們有的擅長寫海，有的努力展示奇異的科幻世界，有的，則也曾為我們寫過一則則寓言。

一九八三年二月二十五日

英國作家與諾獎

英國作家能夠獲得諾貝爾文學獎的，到目為止，那是一九八三年，威廉·高定是第八人。

一九〇七　吉百林

一九二三　葉慈

一九二五　蕭伯納

一九三二　高斯華綏

一九四八　艾略特

一九五〇　羅素

一九五三　邱吉爾

從一九五三年到一九八三年，剛好是三十年，從邱吉爾到威廉．高定，英國作家等了三十年才再得獎。在得獎的作家中，艾略特其實原籍美國。葉慈是詩人，蕭伯納是劇作家，兩位其實是愛爾蘭人。羅素是哲學家，只有吉百林和高斯華綏是小說家。邱吉爾能夠得文學獎，叫人感到十分奇怪。二十世紀的英國難道沒有出色的小說家嗎？那又不是，但諾貝爾文學獎的評選品味一直是令人莫名其妙的事情，像喬易斯，像奧登，那樣的大作家、詩人，竟然會名落孫山呢，一位是愛爾蘭人，另一位原籍英國，這兩位，不是他們錯過諾獎，而是諾獎錯失了他們。

一九八三年十一月

憂傷的自畫像

有的畫家只專心繪畫，像梵高。但有的畫家，除了繪畫，還做其他許多事：寫詩、寫小說、編劇，像奧地利的柯克西卡。

奧地利的柯克西卡（Oskar Kokoschka, 1886-1980），最初可不是畫家，是詩人，儘管他的詩篇由他自己繪插圖，人們重視的仍是他的詩；而他著名的《做夢少年》，其實是寫給一個女孩子的情書。青年的柯克西卡，愛情於他，一如歌德，是一種「沒有寧靜的快樂」。

柯克西卡有許多朋友，他常常和戲劇學校的朋友一起排劇，劇作多半是實驗性質，既沒有劇院、沒有樂隊，也沒有職業演員，但他們照樣在最不可能的環境下演出：在借來的花園中掘一道溝，讓樂隊坐在溝內，椅子是向附近的咖啡室借來，樂器只有不成規模的鼓和笛，柯克西卡編的劇並沒有劇本、沒有台詞，多半臨時即興，即使有對白，也是斷斷續續。不過，當時實驗劇的靈魂不在劇本的對白上，而在演員的服飾、佈景和演技上。演員戴上馬戲班小丑式的面具，手腳繪上原始的色彩，在黑夜，在電筒的照射下，效果異常鮮明，而這，就是柯克西卡首創的「表現主義劇場」。

實驗劇場的演員總有辦法解決演出上的困難，比如說，柯克西卡的一齣木偶劇《史芬克斯與稻草人》（*Sphinx und Strohmann*），最後的一場需要十個演員扮演哀悼者，可是劇場人手不足，於是，柯克西卡把十個人都畫在佈景板上，只在臉的部分漏空，遇到任何一個哀悼者有話要說，就由一個演員站在佈景板背後，把臉填充在漏空的地方唸台詞，像這樣，十個演員的戲都可以由一個人擔任。這齣劇，是當年達達主義與超現實主義劇場的實驗名作，後來，柯氏八十歲生辰時，人們在蘇黎世特別演它來為他賀壽。

每演一齣劇，柯氏自己設計海報，他喜歡畫自畫像。在自畫像中的他，永遠帶着一副憂傷沉鬱的表情，他喜歡用大量的藍色和紅色。在一幅自畫像中，他還用手指着胸前一個流血的傷口。柯克西卡，活了九十五年，是一個心靈悲愴的人，所以他的傷口一直流着血。

一九八一年五月十二日

各種各樣的牛

一、好高興的牛

在我所看過描寫鬥牛的文章裏，記憶最深刻的大概要算徐鍾珮寫的一篇了，那是記憶一頭愛好和平的牛的故事。她說，那次在聖色巴斯丁看鬥牛，好了，一條牛進場了，這牛進場後，東張西望，滿眼好奇，看鬥牛的人都說這條牛「好高興」（muy alegre）。

好高興的牛獨自繞場疾行幾圈，鬥牛勇士和他的助手出場來逗它了，手執披風對牛揮動，牛呢，朝披風衝去，依然是好高興的樣子，絕不生氣憤怒，衝了幾次鋒，牛懶得玩了；看牛的人很多，很熱鬧，但牛無意作戰，自顧自掉頭便走，無論鬥牛勇士和他的助手怎樣挑逗，牛就是不願意應戰。

觀眾不耐煩起來，對牛呼喝叫喊，可這些聲音都變成了真正的「對牛彈琴」，牛聽不懂。牛大概想，這些人是表示鼓勵我要愛好和平。牠於是更加快樂，一點鬥志也沒有了。這時，號音一響，兩個人手執長槍騎馬出來了，這兩人是牛的第一回合的屠手，但牛站着，側頭細看：這世界真多彩多姿，有人有馬，有號音，有人聲。一切為了甚麼？牠全不知道自己是鬥牛場上的主角，又不知道大家正在等牠動手。按鬥牛場的規矩，騎手雖然手執長槍，卻在等牛自己衝上來時才能動槍，決不能無端的動干戈。牛既無動靜，騎馬的屠手也只能按兵不動，雙方僵持着。牛骨碌碌地看着那裝扮奇特的馬和裝扮奇特的人，牠只是立定不動，毫無意思進攻。觀眾更不耐煩了，再叫起來，牛更樂了，乾脆一動不動，無論鬥牛勇士怎樣挑逗，牠就是不厭不睬。在這殺氣騰騰的場面裏，牠是一頭道道地地愛好和平的牛。

時間就在僵持中過去。在西班牙，要數鬥牛最守時，每條牛鬥二十分鐘，其中執長槍的、插劍的、鬥牛的，所佔的時間都有一定，非常有規律。牛既然鬥來鬥去一副好高興的模樣，鬥牛勇士也沒有辦法，因為時間過去，這一場的鬥牛已經結束，而每次鬥牛，是要鬥六場的。這樣，人們只好把鬥牛場的邊門打開。

二、清人看鬥牛

好高興的牛在鬥牛場上不肯鬥人，時間過去，人們只得把邊門打開。這時從門內竄出四條牛來，牛頸上繫着銅鈴，叮噹作響。牠們繞場而行，那條本來站着不動好高興的牛，看見了叮噹響的牛，忽然加入了牠們的行列，乖乖地跟在牠們背後，從進來的門裏撤退了。原來掛着銅鈴的牛是母牛，好高興的牛既然不肯鬥，只有請牠離場，也只有漂亮的母牛才能使牠走開。

中國人之中，第一個描寫鬥牛的，大概是清人黎庶昌了，他在光緒時曾任駐德國和駐西班牙使館參贊，寫過《西洋雜志》，其中有一篇是〈鬥牛之戲〉。他寫道：「鬥牛之戲，惟日斯巴尼亞有之。」所謂「日斯巴尼亞」，即西班牙。他不知道，墨西哥也有鬥牛之戲，真的是戲，因為並不殺牛。西班牙鬥牛季節由每年三月開始，至秋末冬初下雨時止，禮拜天是鬥牛日，舉國若狂。黎庶昌當時觀看鬥牛，坐定後，先見兵士奏樂一通，然後見主辦公司由兩人騎馬前行，鬥牛士二十多人，五色彩衣隨後，騎馬的人所踩的腳蹬，是帶鋸齒輪子的馬刺。牛如果迫近人身，騎士可以用鐵錐錐牛，把牠趕開，鐵錐安裝在手持的木杆上。鬥牛時先以騎馬的人誘鬥，牛怒而觸馬，角入馬腹，肚腸立出。馬死後，再以人來鬥牛。插入牛背的箭都有倒鈎，所以插後就掛在牛背上。每次插兩枝，共插三次，然後，再換一人用劍鬥牛，劍從脊背刺入心腹，牛即倒地。刺中後，鬥士作樂慶祝。這時，有六匹馬入場，分為兩隊，一拖死牛，一拖死馬。

黎庶昌看的鬥牛，共鬥了七場，每場都死了兩匹馬，其中有一匹馬腹裂，肚腸墮地；又有一匹馬拖腸丈餘才倒地，但騎者用帶束之，鞭起再鬥，然後死。而當日的鬥牛士也有一人因馬鞍觸胸而死。出場的牛當然無一生還。看黎庶昌描寫鬥牛，忽然想起加西亞．馬爾克斯《事先張揚的命案》：聖地牙哥之死，簡直就是一場鬥牛戲，光天白日，眾目睽睽，肝腸塗地。真是典型的西班牙習俗，南美血緣傳統。

三、只為執牛耳

上次去看足球，買的票是露天的座位。天色不穩定，所以一直擔心會下雨，很後悔沒買有蓋的座位，後來天沒下雨，球賽又不精彩，反而感到歡喜。看徐鍾珮寫鬥牛場，她說，西班牙的太陽厲害，鬥牛要六時才開場，雖是夕陽，猶有餘威。鬥牛場分三種座位，有太陽光的陽座較便宜，沒陽光的陰座較貴；有一種座位，介於陰陽之間，就是鬥前三頭牛在陽光裏，鬥後三頭牛時就沒有了陽光。這種座位的價格則是比陽座便宜，比陰座貴。

徐鍾珮看的鬥牛和黎庶昌看過的鬥牛有些不同。比方說馬，徐鍾珮看到的馬雙腿已經拖拖拉拉地包着不知是皮還是布，馬腹也同樣有保護，馬的雙目都是矇住的。黎庶昌描寫的箭，其實是短劍，劍頭帶鈎，也是一共六把。牛的後腦上，有銅板大一塊地方沒有頭骨保護，一劍進去，直搗心臟。因為目標小，牛又擺動，不易刺準，如果一劍殺死，是真功夫，兩劍已是差勁，要刺第三劍，就是很不好了，要給喝倒彩了；至於把牛掙得嘔血，像淩遲，也是極差的鬥牛。

出色的鬥牛勇士會得到全場的歡呼和喝彩，評判員會賞他一隻牛耳朵，由一個身披黑披風的人飛也似地走到牛那裏，割下一個耳朵，交給鬥牛士，手執牛耳的鬥牛士再三向觀眾鞠躬。觀眾會把皮做的酒囊丟到場裏，鬥牛士拾起來，豪飲一口，又把它拋回原主；許多人會把物件丟入場中，有手帕、帽子，女人甚至拋錢包，但鬥牛士總把一切拾起來，拋回去。一場鬥牛，三位鬥牛士各鬥兩場，每人可以得到不少的報酬，鬥得更好的，可以得兩隻牛耳朵，加上一條牛尾。鬥牛場上的外國觀光客有很多感歎，美國人說，那牛真可憐呀；英國人則說，那些馬可倒霉了。有一個說，那頭好高興的牛保住性命了。不過另外一個卻說，牠仍難逃一死呢。鬥牛場裏有醫生、護士、開刀房，急救鬥牛士，也有一個屠宰場，屠夫正在霍霍磨刀，不管是和平的牛還是好戰的牛，沒有一頭能夠逃過他們的尖刀。我和朋友在西班牙旅行，也入鄉隨俗，入場看鬥牛，看不下去。

四、花牛

我到過荷蘭一次。在荷蘭，我看見了甚麼呢？風車和木屐、運河和有牆鈎的樓房？但這些我都不記得了，甚至梵谷也不清晰了，而且那次，我一朵鬱金香也沒有看見。但是，我是記得荷蘭的，因為我看見了很好看的黑白花牛，對於荷蘭，我想，我記得的，就只是花牛了。

早幾天讀了些捷克作家卡·恰彼克（Karel Čapek, 1890-1938）的遊記，有一篇寫的是荷蘭風貌，很喜歡，因為他寫的竟是花牛。他說：荷蘭是水之國、花之國，也是牧場之國。一條條運河之間的綠色低地上，黑白花牛，白頭黑牛，白腰藍嘴黑牛，在低頭吃草。有的牛背上蓋着防潮的毛氈。牛群吃草反芻，有時站立不動，彷彿在思考甚麼。牛犢的模樣像貴夫人，儀態端莊。老牛好似牛群的家長，無比尊嚴。極目遠眺，四周全是碧綠的絲絨般的草原，和黑白兩色的花牛。這就是真正的荷蘭。

這是真正的荷蘭，碧綠色的低地鑲嵌在一條條運河之間，成群的駿馬，驃悍強壯。低地上還有白色的綿羊，牠們在天堂般的綠色草原上，悠然自得。黑色的豬群，不停地呼嚕着，像是對甚麼表示讚許。還有成千上萬的小雞、長毛山羊，但沒有一個人影。這就是真正的荷蘭。只有到了傍晚，才看見有人駕着小船過來，坐上小板凳，給嚴肅的沉默的奶牛擠奶。金色的晚霞鋪在西天，遠處偶爾傳來汽笛聲，接着又是一片寂靜。在這裏，誰都不叫喊吆喝，牛的脖子上的鈴鐺也沒有響聲，擠奶的人更是默默無言。運河之中，裝滿奶桶的船，只舒緩平穩地行駛，汽車火車，都裝載一罐一罐的牛奶運往城市。

車過之後，一切又歸於平靜，狗不叫，圈裏的牛不發出哞哞聲，馬蹄也不踢馬房的擋板，真是萬籟俱寂。沉睡的牲畜，無聲的低地，漆黑的夜晚，只有遠處的幾座燈塔在閃爍着微弱的光芒。這就是真正的荷蘭。經過瑞士的時候，我也看見過牛，不過，瑞士的牛像風景裏的山和樹，像一種佈景，而荷蘭的花牛要不同些，牠們才是風景的本身。這真正的荷蘭，我肯定會再去。

一九八一年六月二十六日至二十九日

煙囱

恰彼克的遊記，我喜歡的還有一篇，描述的是愛丁堡。他說：現在要到北方，對了，到北方去了。一郡連着一郡，從身邊飛馳而過。有的郡裏，奶牛都躺着，有的郡裏，奶牛卻站着；有的郡裏在牧羊，有的郡裏在放馬，還有些地方，只有幾隻老昏鴉。前面展現的是灰色的海、岩石和沼澤。籬笆見不到了，只有彎曲的石牆。石頭牆，石頭村，石頭城，特威德河彼岸，真可算是石頭之鄉。

博恩先生說過，愛丁堡是世界上最美的城市，這也許不無道理。那是個美好的地方，奇型怪狀的灰色石塊比比皆是。在別處是河道穿過的地方，在這裏卻是鐵路縱橫。古城新城，各踞一方，涇渭分明。新城街道比其他城市寬闊。凡目力所及之處，不是雕像，就是教堂。古城樓房極高，在英國其他地方從未見過。街頭長杆橫掛，上面曬滿衣服，儼然像萬國國旗。市上聚集着鐵匠、木匠等各種手藝人，這在英格蘭是見不到的。

古城街道奇特，胡同狹窄；體態臃腫、頭髮蓬鬆的老太太漫步街頭，這在英格蘭也是見不着的。你感到奇怪吧，這些古老房屋的正面，沒有尖塔，而是豎着許多高高的煙囪，如我所畫的那樣。這在世界上真是絕無僅有。城市座落在山上，你在街上走着走着，腳下突然會出現綠色的深谷和美麗的河流。再走着走着，天橋會在你頭上淩空而架，橋上又是一條街，像在熱內亞一樣。再往前，會看到類似巴黎的整潔的圓形廣場。這裏總是不斷出現使你驚訝的事物。你若走進議會大廳，就會見到幾百年前的情景；一些律師頭戴假髮，腦後拖着兩條小辮。你若參觀懸崖峭壁上的城堡，會迎面遇到一隊隊風笛手和高原人……

恰彼克的遊記，最大的特色是他自己還會配插圖，譬如他說房屋的正面豎着煙囪，他把煙囪都畫了出來給大家看。煙囪我看見了，他說是世界上絕無僅有，但我記得我在那裏見過這種煙囪，是青島呢，因為對於青島，我也是甚麼都不記得了，只記得那裏的煙囪。我想，恰彼克該到我國的青島去看看，而我，我忽然想到愛丁堡去了。

一九八一年二月二十六日

銀杏

捷克作家恰彼克應該到我國的青島去看看，因為那裏的房子也有許多高豎的煙囪，彷彿無數的潛水艇從青海裏浮出來，伸長了潛望鏡的脖子。但我想想，如果恰彼克到青島去，他還是不要去看煙囪，而應該去看看那裏的銀杏樹。

恰彼克已經見過愛丁堡房子頂上的煙囪了，而且，青島樓房上的煙囪，並不是中國房子古典的煙囪，不外是外國人的建築而已；至於銀杏樹，恰彼克可能從來沒有看見過，因為這種樹，在世界上別的地方已經很少，和它同屬銀杏門的其他物種都已滅絕了。

銀杏樹我倒見過幾次，有一次在江南，在哪一個城市，我不記得了，是那些旅遊勝地的地方，園子裏有一棵高大的樹，就是銀杏，也就是白果樹。樹長得高大，我要抬起頭來看，所以也沒看清楚。白果我吃過，以為白果樹不過是一種很普通的樹罷了。

我在青島看見到銀杏樹是巧合，因為住的地方離火車站很近，房子是三層樓的西式洋房，我住的那房間，不但有睡房、浴室，還有寬大的客廳和露台，這麼好的環境，我在休息的時候，就穿逾法國長窗走到露台上去看看戶外的風景了。露台的一側，有一棵樹的葉子伸延到房子的窗邊來了，樹的葉子很奇怪，像一把一把扇子，不是大葵扇，而是小巧的花瓣形扇子，葉身很厚。葉脈都是陽光般直線放射走向的，這樹，就是銀杏了。

有一次翻書，翻些《農政全書》、《花鏡》那樣的書，看到一篇講銀杏的文字，說它的名字又叫鴨腳子，因為葉子形狀像鴨腳。又說它的名字還有公孫樹，意思是由祖父種樹，孫兒才能吃到果子。果子是白色的，所以叫白果，也不覺得特別。不過，看了注解後，我才知道銀杏是一種珍貴的樹木，它原來是幾億年前古生代的樹木，為種子植物的先驅，在三疊紀、侏羅紀時極為茂盛，後來逐漸衰落，近幾十年來世界各地都幾乎絕了跡，所以有「活化石」的稱號。難得在中國仍有發現。據調查，目前四川青城山尚有漢朝銀杏一株，那麼，它就和熊貓一般珍貴了。

梧桐

《馬可波羅遊記》其中一章寫忽必烈的治國方針中，有一項命令是要在大路兩旁，廣泛種植一種會長得很高大的樹木，每株間相距不得超過兩步。它們除了在夏季可收成蔭遮涼的益處外，還可在冬季大雪封路時，起路標的作用。只要是土壤適宜的地帶，在所有的大道上都必須植樹。忽必烈既是蒙古人，對沙漠當然也不忽略，對於那些必須穿過沙漠或越過山岩的道路，無法種植樹木，他就下令把石頭堆在路旁，豎起石柱，作為路標。

我一面讀遊記一面想知道忽必烈當時種的樹是些甚麼樹，榆、楊、柏、松，蒙古樹還是漢唐樹？可惜，馬可波羅沒有記。不過，馬可波羅卻記了大汗所以着意經營植樹造林的原因，由於星占學家告訴忽必烈，凡植樹造林的人，會得到益壽的報應。

樹木也許無知，但人有感情。唐高宗龍朔三年，司稼少卿梁孝仁監造蓬萊宮，在庭院內植滿白楊，還指着白楊對前來參觀的右驍衛大將軍契苾何力說：「此木易長，不過二三年，宮中可得蔭映。」何力是鐵勒契苾部人，不答，但誦古詩：「白楊多悲風，蕭蕭愁殺人。」孝仁一聽，立即下令把白楊拔去，改栽梧桐。其實，梧桐也是滿蕭殺的，一到立秋那天，就會掉下一片葉子來。據說，梧桐樹每枝生十二片葉子，一邊六葉，如果有閏年的話，樹上會長出十三片葉子。

唐長安城居民的坊市街道兩旁種的多是槐樹，白居易給張籍的詩就有「迢迢青槐街，相去八九坊」。槐樹屬於吉祥樹，不過長得慢，過百年的老樹也沒有一丈高。柳樹在唐代最負盛名，離別的人當然灞橋折柳，出塞的人就更加忘不了楊柳了。「太液芙蓉未央柳」，柳在漢宮也是著名的，所以動人，大概是因為垂柳裊裊下垂，柳絮又會隨風飛舞，具有動態的美麗。《詩經》「昔我往矣，楊柳依依。今我來思，雨雪霏霏」，真是聲情並茂的句子。

不過據說柳樹易生蟲，種柳樹要裂其皮，夾甘草十一片放入泥土就不會生蟲了。忽必烈下令種了許多甚麼樹木呢？現在，許多的城市只栽種了滿街的法國梧桐。

藍鬍子小說

一、童話

法國詩人查理．貝羅（Charles Perrault, 1628-1703，或譯作夏爾．佩羅）寫過許多出名的童話，例如《小紅帽》。他的《藍鬍子》，寫一個長了把藍鬍子的男子，因為面貌奇特，沒有女子願意嫁給他。但他終於娶了鄰居漂亮的姑娘，方法是邀請了姑娘家的親友，一連八天，舉行盛大的歡宴：打獵、釣魚、舞會、飲食。結果，姑娘覺得，藍鬍子的鬍子竟沒有以前那麼藍了。即使傳說中可怕的事情，也顯得不像真的。

藍鬍子常常離家，每次出門，總對妻子說，不要開啟別墅中一扇封閉的門，但他卻把這門的門匙交給她。當然，故事的重心正是這一扇門，人的好奇心受到強烈的挑戰。門終於打開了，裏面是藍鬍子以前的妻子的屍體，血腥的現場，彷彿愛倫坡的小說。

童話的對象主要是兒童。所以，藍鬍子的故事有一個比較適合兒童接受的結局：姑娘的兄弟趕來，救了妹妹，殺死藍鬍子。還拖了一條尾巴：姑娘把藍鬍子的財產分給兄弟姐妹，自己再嫁一個忠誠的人。

查理．貝羅的童話特色，是在每一則故事後，附一段訓語，對於藍鬍子的訓示是：好奇的代價是昂貴的。這一點，在童話中倒不明顯，因為遭殃的竟是藍鬍子而不是姑娘。

二、小說

用藍鬍子的題材來寫小說，角度比較特別的有美國小說家唐諾．巴塞姆（Donald Barthelme, 1931- ）。藍鬍子的背景移到了巴黎市郊，時代變為二十世紀初期。主角同樣花費大量的金錢來吸引姑娘的家人，不斷送名畫給姑娘的父親，還大膽地送漂亮的黑綢睡袍給未婚的少女，這一次，藍鬍子碰上的可不是弱質纖纖的姑娘了。

二十世紀藍鬍子的妻子，不再是個掌理家務的主婦，她關心的是時髦的平治房車，翻看最新的雜誌，她有自己的財產，懂得悄悄投資買賣股票。事實上，她的財富已和藍鬍子相等。傳說藍鬍子娶過許多妻子，把她們都殺害了。其實，古堡的女主人自己也擁有相當多情人，對於那間密室，她根本沒有興趣。

藍鬍子老是提醒妻子，去打開密室的門吧。他說，雖然我禁止你這樣做，但你必須去開門，因為室內的展品常常變換。再說，若是你將繼續是我的妻子，你必須有時候發揮力量，反抗丈夫的意願。

巴塞姆的筆下，反映了現代婦女在家庭中的新地位。當然，密封的門還是要打開的，不然就不成其為藍鬍子的故事了。她在密室內發現的是七頭穿着名牌晚裝的腐爛斑馬。

藍鬍子的故事，到了瑞士小說家麥恩·弗里施（Max Frisch, 1911- ）的筆下又是另一個樣子。這次的主角身份是醫生，嗜好桌球。醫生一共娶過七個妻子，都已分手。第六位妻子忽然遭人殺害，現場有醫生留下的領帶，以及各種蛛絲馬跡，於是藍鬍子被起訴。

小說從醫生的回憶角度來寫，只呈現法庭上控方、辯方和證人之間的對話。案情撲朔迷離。小說結局時，讀者依然不知道誰是兇手。偵探式的懸疑故事，作者把一條門匙交在讀者手中，引誘讀者去開啟一間神秘的密室。正是人類的好奇心，促使讀者追溯門背後的真相。

巴塞姆和弗里施的小說都寫得極好。前者輕輕鬆鬆，和童話接得很緊，不時還提到甚麼查理·貝羅的姑姑，充滿法國式的散文體趣味；後者則結構嚴謹，錯綜複雜，真真假假。出現在法庭上的書生的父母原來都已過世；而充滿微笑的證人原來只不過是一幅照片。

一九八一年二月二十七日

《格列佛遊記》

一、格列佛

由於小時候看了些圖畫書，一直以為〈小人國〉和〈皇帝的新衣〉等都是童話，後來讀了《安徒生全集》和《格列佛遊記》（*Gulliver's Travels*），才知道安徒生和斯威夫特其實都是小說家。只不過，他們的作品披上了童話的外衣。

《格列佛遊記》的小人國，看來似童話，其實是諷刺小說，作者在他的作品中反映了他生活時代的各階層面貌：政黨與政黨之間的矛盾，此岸與彼岸的爭霸，而人民，則生活困苦。格列佛是斯威夫特筆下的一個人物，他是一名窮困的外科醫生，因為家境清貧，才不得不上船去謀生。航海的生活是艱苦的，格列佛在前赴東印度群島途中描述海員的生活：船員中有十二個人因為操勞過度和飲食惡劣，受盡折磨而死。而海上風暴猛烈，礁石眾多，「羚羊號」觸礁沉沒，格列佛死裏逃生才到了小人國。

斯威夫特借格列佛的眼睛來觀看世情，借他的話語來評論時弊，他在小人國中說：這兩大帝國的語言，和歐洲的任何國家的語言一樣，差別很大，而每一國都誇耀自己的語言歷史悠久、美麗有力，對於鄰國的語言公然蔑視。這樣的兩個國家，能不成為世仇嗎？

小人國朝廷內的高跟黨和低跟黨明爭暗鬥，因吃蛋辦法不同而形成的大端派和小端派產生紛爭叛亂；宮廷中的繩技比賽描述官吏們無不千方百計向上鑽營，人人腰間緊纏絲線，皇帝則野心勃勃妄想稱霸世界，這些，都是格列佛見到的小人國面貌。格列佛眼中的小人國，細小的不單是身形，更是小心眼、小胸襟。當然這是斯威夫特眼中的十八世紀的英國。

二百多年前，斯威夫特寫格列佛在「小人國」被哲學家懷疑，猜想他是從月球或者是其他星球上降落下來的巨人。如今是二十世紀，我們並不確知外太空是否有更智慧的生物，倘若有一天，地球上忽然有一個樂山大佛般的格列佛巨人躺在沙灘上，人們會怎樣？各國爭着把他據為己有，用作武器，百姓要繳納更多的稅項來供養他，而當他為某國平息了戰爭，卻令三軍總司令妒忌，內閣議決用殘酷的方法把他處死，死後保留骨骼，作為英雄烈士那樣供人瞻仰？有需要的時候，又嘗試使他復活，加以利用？

二、小人國

小說是格列佛第一身敘述。小人國的故事，我們再仔細的讀讀。它的名字叫做利立浦特國，小人國的國民，是利立浦特國人；小人國的皇帝，就是利立浦特國大皇帝。

「羚羊號」的船長是威廉普特查，正要到南太平洋一帶去航海，他的船在一六九九年五月四日，從英國西部布利斯脫海港啟航，船長聘請了格列佛一起上船出海，格列佛是一名外科醫生。船啟程後，在前往東印度群島途中，被風暴刮到了邁迪門蘭西北方，地點大約是南緯三十度零二分。天氣惡劣，船身觸礁碎裂，小艇也翻了，格列佛被波浪推送，自己拼命泅泳，迷迷糊糊地到了利立浦特。

小人國的人身長不到六英寸，只有格列佛的一隻手指那般高，那裏的牛馬都是四、五英寸高。綿羊一英寸半高，鵝只有麻雀那麼大。更細小的東西格列佛就看不見了，譬如說有一次，格列佛看到一位年輕的姑娘拿着一根細得看不見的絲線，穿一枚小得看不見的針。

格列佛每次出海遠航，總帶備了許多書籍，閒時就讀古代和現代最好的作品；船靠了岸，他就上岸去觀察各地人民的風俗、人情，也學習當地的語言，仗着記性好，他已會講許多種語言。即使這樣，格列佛無法和小人國的人們交談，因為他們既不講荷蘭語、德國語，也不講拉丁語、法語、西班牙語和意大利語。他們的書法由左而右，又不像阿拉伯人那樣由右而左；不像中國人從上而下，也不像加斯開吉人從下而上；而是像英國的太太小姐，格列佛告訴我們，是把字從紙的一角斜着寫到另一角。

小人國最特別的習俗是他們的葬禮，他們埋葬死人時，把死人的頭朝下直埋，因為他們相信過了一萬一千個月以後，死人都要復活，而他們認為到那時候，地球會上下顛倒，按照目前的埋法，人們復活時就會安穩地站在地上。至於地球，他們認為是扁平的。

沉船後的格列佛，到了小人國。

三、大皇帝

小人國的皇帝，在國家重要的文件上，總是被這樣描述的：利立浦特國至高無上的皇帝，舉世擁戴、畏懼的君主高爾伯斯脫·莫馬蘭·愛夫拉姆·戈爾迪洛·舍芬·木利·烏利·古，領土廣披五千布拉斯魯格（周界約十二英里），邊境直抵地球四極；身高超過人類的萬王之王；他腳踏地心，頭頂太陽；他一點頭，全球君王雙膝顫抖；他像春天那樣快樂，像夏天那樣舒適，像秋天那樣豐饒，像冬天那樣可怖。

這，就是小人國利立浦特國的大皇帝。他的身材比其他的人都高，說話有演說家的氣派。他頭戴鑲珠寶的黃金輕盔，盔頂上插根羽毛，身腰繫寶劍，劍大約有三英寸長，劍柄和鞘都是金子做的，上面還鑲着鑽石。他嗓音尖銳，但嘹亮而清晰。他的儀表威武英俊，有着奧地利人的嘴唇，鷹鈎鼻子，棕黃色皮膚。他面貌端莊，身軀四肢勻稱，舉止文雅，態度嚴肅，現年二十八歲零九個月。

大皇帝靠自己領地上的收入過活，遇到戰爭爆發，老百姓必須跟隨皇帝出征，生活費由他們自己負擔。自從格列佛到了小人國，皇帝頒了一道命令：京城周圍九百碼以內的村莊，每天早晨必須交納六頭牛、四十頭羊，以及其他食物供養巨人山；此外還要供給相當數量的麵包、葡萄酒，這些則由國庫支付。

皇帝在宮中常常舉行各種表演作娛樂，其中一項是繩上跳舞。這種技藝，只有那些正在候補朝廷重要官職、希望得到皇帝寵幸的人才可表演，他們從小就受這種雜技訓練，一遇到朝廷有官職出缺，五、六位候補人就要求皇帝准許他們表演繩上跳舞，誰跳得最高，又沒有跌下來，誰就可以接任那個官職，所以，朝中的大臣沒有一個不精於跳繩上舞，而且力求愈跳愈高。

表演各種技藝時，皇帝會賞給臣子們精美的絲線，第一名賞藍絲線，第二名賞紅絲線，第三名賞綠絲線，得賞的都把絲線纏兩道圍在腰間，朝廷裏的大人物沒有人不用這種腰帶纏了又纏作裝飾的。

四、巨人山

小人國的人們把格列佛叫做巨人山，照他們原來的語言，巨人山就是昆布斯·夫來斯純。這是指格列佛是一座像山那麼大的巨人，只不過山不會行走罷了。格列佛在小人國的海灘附近熟睡的時候，被小人發現了，用繩索和木釘把他縛在地上，他醒來時一掙扎，數百枝箭就朝他射來，這些箭並非沒有效果，因為格列佛被它們刺得痛苦呻吟起來，而且，他害怕這些箭會打中他的眼睛，所以不停用手遮住臉。

格列佛如果躺在地上真的像山那樣一動也不動，箭就不會如飛蝗般射來，所以他暫時只好不再掙扎。當格列佛躺着不動，就有些膽子大的小人走近來看，並且有一位該國的顯要，站在新搭的高台上對他發表長篇演説，但格列佛一字也聽不懂，只做了肚子餓想吃喝的動作，於是，食物不久都送來了。

在格列佛的兩腳左右很快地搭起幾條梯子，一百多個小人走上他的身體，把滿盛肉的籃子送到他嘴邊。籃內盛的肉有很多種，烹調得很可口，可是甚麼羊前肘，都比百靈鳥的翅膀還小，至於麵包也小得像槍彈。他們把一桶桶的酒吊起來給格列佛喝，可是，每桶酒不到半品脱，喝了許多還不夠。

小人國給了格列佛糧食和飲品，是一次極其豪華的招待，他也以禮相待，不胡亂移動，不傷害任何一個小人。後來，他的面前出現了一位大官，拿着蓋着國璽的聖旨，講了十分鐘話，又作了手勢，要把格列佛當俘虜運到另一個地方。這時，格列佛因為先受到了禮遇，而臉手的箭傷又在作痛，就任由他們處置。

在都城裏，皇帝已經召開了多次會議，討論採取甚麼措施對待巨人山。朝廷對他感到困難重重，既怕他逃跑，到處走動會毀城傷人，留下他伙食費用又太大，可能引起飢荒。議會一度決定把格列佛餓死或用毒箭射他的手臉，馬上把他處死，但又考慮到這樣一具龐大的屍體會發散臭氣，造成瘟疫。結果，決定暫時俘虜了再說。

於是，格列佛就做了小人國的俘虜。

五、搜查單

格列佛做了小人國的俘虜，按照王國的法律，他必須經過兩位官吏的搜查，於是格列佛把兩位官吏取在手中，先把他們放在上衣袋裏，然後又把他們放在他身上的其他口袋裏；兩名官吏隨身攜帶鋼筆、墨水和紙張，把他們所看到的一切東西編製了一份詳細清單，呈給皇帝。清單上有這樣的報告：

我們在巨人山的上衣右邊口袋裏，經過最嚴格的搜查，只找到了一大塊粗布，大小足夠作陛下大殿的地氈。在左邊袋裏，我們看到一口大錢箱，蓋子也是銀的，可是我們打不開，我們請他打開，讓一個人跳了進去，塵土一直沒到他的小腿的中部，塵埃撲了我們一臉，叫我們一齊打了好幾個噴嚏。

其實，兩名官吏在格列佛的一個口袋中發現的一大塊粗布，是一條手帕；至於大銀箱，是一個銀鼻煙盒，裏邊的塵土就是煙絲。他們找到了一個梳子，說它是一部機器似的東西，背面伸出二十根柱子，好像陛下大殿前的欄杆。他們找到了剃刀，說是看到一根中空的鐵柱子，固定在一塊堅硬的木頭上，柱子的一邊伸出大鐵片來，雕得奇形怪狀的。他們找到了剃銀幣、鋼元和金幣，說它們是許多大小不同的黃的紅的圓扁金屬板。

當然，他們發現了錶，描寫道：是一個樣子像球體的東西，半邊是銀的，半邊是透明的金屬，在透明的那邊，看到一圈奇異的圓形，它發出不停的吵鬧聲，像一座水磨。

格列佛隨身攜帶的腰刀、手槍、彈藥包都送進了皇帝的御庫，其餘的銀幣、剃刀、梳子、鼻煙盒、手帕和旅行日記則發還給他自己保留。有兩個口袋，逃過了檢查，裏邊有一副眼鏡、一架袖珍望遠鏡。格列佛保存了自己的眼鏡十分有用，因為後來他又遭受飛箭的圍攻，戴上了眼鏡，使他不必擔心眼睛會受傷。至於袖珍望遠鏡也有用場，後來，小人國和不來夫斯古開戰，格列佛就利用它，看到海峽對面小島上的軍隊。

六、釋放令

格列佛在小人國當俘虜，住在古教堂裏，被九十一條鏈條、三十六把鎖，鎖住左腿，由於行為良好，博得了皇帝和朝臣的歡心，軍隊和人民也喜歡他。有時候，五、六個小人在他的手掌上跳舞，男孩子和女孩子也敢在他的頭髮裏捉迷藏。

後來，經過格列佛多次要求，皇帝終於先在內閣開會，給巨人山下了釋放令。不過，格列佛必須宣誓遵守釋放的條件，如果他鄭重宣誓遵守各項條件，每天可以得到足夠維持小人國臣民一千七百二十八日生活所需的肉類和飲料。這些條件，有些是規限，有些則是服役。

限制的條件為：沒有得到命令許可，不得擅自進入首都。沒有加蓋國璽的許可證，不得離開小人國。巨人山只准在小人國主要大路上行走，不得隨便在草地上或者莊稼地裏來往坐臥。他在大路上行走時，必須格外小心，避免踐踏小人國的良民和他們的馬車。沒有得到皇帝的同意，不得把小人國的良民拿在手中。這些限制，有些十分合理，有些就專橫了些。

服役的條件為：如果有緊急公文需要從速寄遞，巨人山應將專差，連人帶馬裝在口袋裏，協助送達；如有必要，還應該把這個專差安全地送回皇帝御前。巨人山應該和小人國的聯盟，一起對抗來自不來夫斯古島上的敵人，竭盡全力毀滅現正準備侵略利立浦特國的敵軍。巨人山空閒的時候，應該協助小人國的工匠搬運大石頭，建造大公園的牆垣，以及其他皇家建築。巨人山應該沿着海岸步行的計算方法，在兩個月內呈獻一份小人國疆域精細測量圖。這些條例，有些格列佛並不反對，有些則顯然是強逼他接受的。

條例中有一條是要巨人山竭盡全力毀滅敵艦，格列佛說自己是外國人，所以不便干預國際之間黨派的戰爭，不過，他會時時準備抵抗所有的侵略者，以保衛皇帝陛下和他的國家。

於是，格列佛宣了誓，獲得了自由。

七、吃蛋派

哪一個國家會沒有內憂外患呢，小人國也不例外。在小人國，國內有兩大政黨互不相讓，這兩個政黨的分別，只需看他們的鞋跟就可以分辨出來，因為其中一黨叫做高跟黨，黨人的鞋跟比一般人高；而另一黨則為低跟黨，黨人的鞋跟要低些。據說，高跟比較合乎古代的制度，但是小人國的皇帝自己的鞋跟特別低，他就決定一切行政官吏必須任用低跟黨人。兩黨之間仇恨極深，他們絕對不肯在一起吃喝，更不肯在一起談天，雖然高跟黨人數較多，可是權勢卻握在低跟黨人的手中。至於太子殿下，則一隻腳鞋跟高，一隻腳鞋跟低，所以走起來一拐一拐的。

在小人國附近，有一個島，叫不來夫斯古，這個島和小人國的利立浦特島彼此之間相距一道海峽，島上的不來夫斯古國，是小人國的外患。由於兩國互相仇視交戰，已經頑強苦戰了三十六個月，戰爭的起因源於吃雞蛋的方法。

小人國一共有六千個月的歷史，數百年來，人們都認為，吃雞蛋的原始方法是打破雞蛋較大的一邊。可是，當皇帝的祖父在小孩子時，打雞蛋時割破了手指，他的父親就頒了一道聖旨，命令全體臣民吃蛋時，要先打破雞蛋的較小的一端，違者重罰。這樣，就形成了國內的六次叛亂，還有一個皇帝送了命，一個皇帝失去皇位。當然，這些叛亂，有些還是不來夫斯古國的君王煽動起來的。亡命之徒也總逃到那邊去藏身。

自此之後，國內就分為大端派和小端派。當格列佛到了小人國不久，不來夫斯古國的人又發動了戰爭。於是，小人國的皇帝就派巨人去對付。格列佛並沒有傷人，只去用繩索和鉤子，縛住每一隻船的船頭小孔，手中就拖着大把繩索，把五十艘最大的敵艦拖回小人國來。皇帝這可高興了，君王的野心也現出來了，他想把不來夫斯古國滅掉，成為自己的行省，並且派一位總督去統治，要推行全民小端打蛋的吃蛋法。但格列佛不肯，他說：我永遠不願做人家的工具，使一個自由、勇敢的民族淪為奴隸。

八、彈劾書

格列佛不肯替小人國的皇帝滅掉不來夫斯古國，皇帝對他就起了反感，加上小人國又有些閣員由於感覺格列佛太受重視，說了些中傷格列佛的話，於是，皇帝就想把格列佛除掉了。朝廷上的海軍大將對格列佛更加痛恨，就聯絡了陸軍大將、侍衛大臣、大法官，聯名寫了一份彈劾書，控告巨人山犯了叛國等等大罪。

彈劾書的內容指責格列佛竟敢抗拒鴻福齊天的皇帝陛下的命令，不肯去消滅不來夫斯古國。當不來夫斯古國因為艇隻被巨人拖走，不得不派使前來求和時，格列佛又曾經和使者會面交談，這當然是罪行。因為對敵人的使者友好，即表示對皇帝的不忠。

不來夫斯古國的使者到小人國來，見到了格列佛，邀請他到該國去探訪遊玩，格列佛也想去走走，這，又成了一項罪證，因為巨人山未得到皇帝陛下的准許，想私自行動到敵國去，心懷叵測。格列佛還有一項罪名，是有一次皇后寢宮失火，他膽敢解小便救火，這是冒犯的大罪。

經過內閣的幾次辯論，皇帝決定把格列佛處死，要在夜間放火燒房子，並用毒箭射他的手臉，又命僕人把毒汁灑在他的襯衣上，讓他抓破自己的皮肉，極其慘痛地死去。不過，格列佛在小人國倒有一些朋友，把消息悄悄傳達，於是，格列佛拖着一隊艇隻，走到不來夫斯古國去了。

不來夫斯古國當然歡迎格列佛，也希望他能站在自己一邊，對他十分禮遇。可是格列佛再也不想牽涉到兩國之間的爭執。恰巧，他在海邊撿到一艘小艇，於是花了時間，又得到了島民的幫助，終於可以起航，離開了這兩個隔着一道海峽不斷爭戰的小人國。

《格列佛遊記》裏並無王子公主的戀愛故事，根本不是童話，而是斯威夫特的諷刺小說。遊記中的小人國，影射英國和法國；所謂大端派和小端派，是指亨利八世頒發聖旨自封為英國國教領袖，否認奉守羅馬教皇權威的法國，對斯威夫特來說，不過從哪一處打破雞蛋而已。高跟黨和低跟黨，即是自由黨和保守黨。皇帝賞給大臣的藍紅綠三色線，是指英國嘉德勛章、巴思勛章、蓟花勛章的綬帶。世間的紛爭，往往是怎樣吃蛋的問題。

一九八一年三月一日至八日

馬奈的酒吧

哲學家講畫，在近當代法國很常見。例如巴什拉（Gaston Bachelard, 1884-1962）講夏加爾、梵高，沙特講丁托萊托，梅洛．龐蒂（Maurice Merleau-Ponty, 1908-1961）講塞尚、畢加索、布拉克，列維．史特勞斯講普桑，德勒茲講培根，德里達講拉斐爾等。另一位哲學家福柯，則在《詞與物》中提及西班牙肖像畫家委拉斯凱的《宮娥》，更是無人不知。後來，福柯的《馬奈的繪畫》（*La peinture de Manet*）一書也廣泛引起關注。

福柯講馬奈，本是演講，由錄音整理後出書。內容選講馬奈作品共十三幅，集中三個主題：第一，馬奈處理油畫空間的方式。第二，繪畫中的「光照」問題。第三，是看畫者與畫面的位置關係的問題。十三幅畫分別和三個論題有關，其中，馬奈最後的一幅作品特別值得注意。該畫名為《弗里．貝爾傑酒吧》（*A Bar at the*

Folies-Bergère, 1882），當然是一幅極不尋常的作品。這幅畫，福柯要講的是三個論題中的第三個，也就是討論在場與不在場的問題。

馬奈畫的是一幅酒吧室內的景象：一名女侍者站在櫃台後面，她的背後是一面很大的鏡子，大得如同整幅牆一般。所以，酒吧櫃台前的所有人和物都應該在鏡中反映出來。可我們在鏡像中看見的似乎只是一盞垂吊的大圓燈和兩團像圓月般的光。畫中沒有出現酒吧的天花板和地板，人物彷彿浮蕩在空間。

鏡中有一個背影，顯然是年輕的酒吧女侍者。奇異的是，背影和女侍者似乎不屬於同一人，真人站得筆直，背影卻有點趨前，而且，背影不是有點偏離了真身嗎？更奇異的是，背影面對的卻是一名戴禮帽的男人，比背影高，其視線應該從高處向下望。如果鏡中照到一個男人在背影之前，那麼這個人理應站在酒吧的櫃台前才是，而且，他必定會遮擋了女侍者的大半個軀體。這幅畫的特別之處是，為甚麼鏡像中的男人，在櫃台前沒有出現，是隱身術使他不在場麼？畫家，就像小說家，畫了想你看的甚麼，同時畫了甚麼不想你看。

在浮沙裏面競賽

有這麼一個人，在拉望查省的一處地方，擁有七畝半的流沙地。他把這個地方開闢為一個競賽場，讓人們前來參加沉沙的比賽，獎金非常豐富：一百萬元，是一筆誘人的數目，當參加競賽的入場券印發時，無數參賽者湧來競技。

參加比賽的規則十分簡單，只要走進流沙地去，最後一個消失的人，就是贏家。為了獎金，參賽的人也沒想到後果，一個一個踏進流沙灘去，不多久都被流沙吞沒了；那些掙扎得最厲害的人沉得最快，即使不掙扎的，也漸漸遭沒頂。

人們到了這個時候才感到驚懼，無論用甚麼方法也不能把自己從流沙中救出來，也是到了這個時刻，他們才後悔，怎麼會參加這麼可怕的競爭呢。於是，他們開始哀求主持競賽的人拯救他們。結果，這些人，一個接着一個，都在流沙中失蹤了，只見一些手臂仍在沙地的表面上揮動，最後，一切都消失得一乾二淨，流沙又回復平靜，好像甚麼也沒有發生過。

只有一名來自羅錫龍地方的健碩傢伙，剛踏過流沙地的邊緣，仍能維持白色的肩膀在浮沙之上，於是，他滿臉笑容，對主持競賽的人說道，我想，是我贏了吧，雖然滿臉笑容，但他說話的時候有點上氣不接下氣。

流沙地的主人，為了開闢競賽場，在沙地的邊界上早已犁好了三合土的堤，如今，他就站在這個堤上，手中提着一條繩子。如果他要把流沙中的人救出來，只需把手中的繩索拋給受難者就可以了。但主持競賽的人，馬上計算，一百萬元，可以大派用場哩；所有人都沉到流沙中去了，一名見證者也沒有，沙地中唯一的得勝者，說時遲那時快，也已經沉到只剩下了一個頭顱，甚至不能回頭轉看看還有沒有其他人。主持競賽的人對他喊：還有一個對手，在你的背後，那個人沒法回頭看，即使能夠又有甚麼用，不久，他也被浮沙淹沒了。

〈沉沙比賽〉，法國作家彼埃．比錫葛的一篇很短很短的小說，其實是像寓言，頗有愛倫坡的影子。

躲在桌子底下

翻開嘉芙蓮安·泡特（Katherine Anne Porter）的文選，讀了兩段她的散文。題目是〈現在即是未來〉（"The Future is Now"）。

她說，她在讀一份暢銷的雜誌，裏面有一篇文章，指導人們在見到比太陽更強的閃光出現時該採取甚麼行動。文章所指的「比太陽更強的閃光」，說的是原子彈。泡特對這問題的關心和任何人一樣，但結果，她讀到文章最後，結論卻是：唯一真正的安全方法，是立刻躺下來躲避，而且離開現場愈遠愈好。當然，能夠跑進防空壕、防空地室較好，但如果沒有地方躲，就躲在一張結實的桌子底下好了。

看了文章的結論，泡特覺得十分好笑。那天，她在自己寓所的窗口向外眺望，卻看到對面建築物的一個窗口裏面，有一個青年人穿着T恤，全神貫注地在為一張長形桌子的桌面打磨。顯然，他是在為自己的住所的一張桌子打磨，而且工作勤奮，興致勃勃。他彎下腰，完全把精神集中在桌面上，使勁地用砂紙磨擦桌面，把手放在桌上仔細撫觸，退後幾步，看看桌面上的光澤。

泡特所以站到自己的寓所窗前，是因為街上響起了警車的鳴號，打擾了她的工作。城市中警車的鳴號，意味着事件的發生，是甚麼不幸的事呢？火警、警匪槍戰、病人被送往醫院，還是貴賓路過、外太空生物降臨？泡特不知道。正在打磨桌面的青年人似乎也聽到警車的鳴號吧，但他根本不理會警笛，只投入自己的工作：把一張美麗的桌子打磨得更好？

這麼專心要把一張桌面打磨好，難道為了將來可以躲在桌子底下？如果知道將來有一天竟然要躲在桌子底下，現在還應該花時間和心思來仔細打磨桌面嗎？顯然，青年人可能會想到未來的災難，可能不想，「現在」才是值得珍惜的。泡特看着青年人，他如今正是服役的年齡，也許下個星期，他將被徵入伍，不久被派上戰場，或者不能回來，但是，目前，他在做他認為值得做的事，全面投入。把粗糙的地方磨平，把醜陋化為美麗。

一九八一年五月八日

不想別人打擾

在〈我的生活與時代〉裏，亨利．米勒（Henry Valentine Miller, 1891-1980）說：

我想過的理想日子，最好是，沒人打擾，沒有電話響聲，沒有訪客，以及沒有必要立刻趕覆的信。最好的日子，是完全屬於自己的日子。那麼，在這日子裏，亨利．米勒會做些甚麼呢？他會寫他自願回覆的信件。他會早上很遲才起床，不必理會時間。他最不喜歡理會時間。甚麼時候吃飯，甚麼時候做這，甚麼時候做那。去它的時間，他說。

除了寫幾封喜歡回覆的信外，如果情緒好，他會寫一些別的，可不一定要寫一部大作品，只是寫些仍可寫的文章。但在寫東西之前，他先會去游泳。亨利．米勒可不是以前的窮光蛋，他家裏有游泳池，而且生活舒適寫意，美中不足，是來探訪他的人實在太多。

亨利．米勒喜歡真正的朋友來探訪他，或者是一個打得一手好乒乓球的朋友，那麼，在下午，他就可以和朋友打幾小時乒乓球。游泳、乒乓球，是他喜歡的日常運動。然後，來一頓法國菜。晚上，如果有好的電影，當然去看電影。最後，則看書。他習慣在床上看書，床邊總放着六至八本書，翻完一本又一本。

亨利．米勒有很多朋友。他說：我的一生充滿朋友，但他們對我的進展，阻礙多於協助。這樣說，是殘酷的，我的意思並非這樣。我對我的朋友負欠甚多，但每當我想做些事時，我的朋友卻妨礙我，尤勝於我的敵人。他們侵蝕了我許多時間。

只要一聽到門鈴響，天哪，亨利．米勒就會想起讀過關於勞倫斯，如何躲在廚房裏，或別的地方，叫人找不到。別說我在家。說我旅行去了。不相干的人常常跑來敲門，使亨利．米勒感到煩厭。所以，他的理想生活，是希望不要受到太多不相干的人來打擾。

如今，終於不再有人打擾亨利．米勒了吧。也沒有人打電話找他了吧。問題是，如今，他也不再游泳，不看電影，不看書了。沒有人和他一起打幾小時的乒乓球了，他或者反會感到寂寞哩。

一九八一年五月九日

給蝴蝶的小說

讀了幾段沙特寫自己小時候關於寫作的文章。大概是八、九歲吧，年幼的沙特，看過一些圖書故事和雜誌，就想寫東西了。他要了一瓶紫羅蘭色的墨水和一本練習簿，在簿子的封面上寫着：寫小說的練習簿。他的第一篇小說，名字叫做〈給一隻蝴蝶〉。內容是說一名教授、他的女兒，和一名年輕的探險家，一起到亞馬遜河流域去找尋罕見的蝴蝶。這個故事，其實是他在圖書中看到的，他不但搬了別人的故事情節、人物、冒險經歷，還照搬了題目。但年幼的沙特並不覺得這樣做是抄襲，他覺得他是在「創作」，因為他給故事人物起了新的名字，這小小的改變，曾透過他的記憶和想像，而且，他寫的時候，是用他自己的句子。

故事中的船沉了，搜集蝴蝶的人和他的女兒一同抱着一個救生圈，他們一個喊「黛西」，一個叫「爸爸」。這時，海中有一條大魚游過來找食物，魚身在海浪中閃閃發光。這是條甚麼魚呢？年幼的沙特於是跑去翻《拉魯斯百科全書》，把好重的書搬到桌上來，照抄一遍辭典裏的文字：鯊魚在熱帶大西洋是常見的生物，這些巨大的鹹水魚可能有四十呎長，重八噸。

沙特的母親還以為兒子真的在寫作，還邀請朋友來看這位小作家。於是，叔叔送了一部小打字機來，一位畢太太又送來一幅世界半球地圖，好讓小說的人物不怕走錯路。於是，沙特繼續寫他的第二部小說，叫做〈香蕉商人〉，由媽媽親自謄寫，並傳閱。大家都說：這小孩真乖，一點吵鬧也沒有。

至於外祖父，知道了沙特寫作起先倒很高興，把練習簿拿來翻開一看，眉頭一皺，發現孫兒寫的「小說」，原來不過是從雜誌中胡亂抄來的垃圾。於是再也沒興趣理他的「創作」。女兒硬叫他看，他也只把錯字圈出來算數。最後，連沙特的母親也不再作任何鼓勵了，為了不想傷兒子的心，她不再看他寫些甚麼，免得表示意見。

但沙特繼續創作，當然，後來他是真的創作了。

一九八一年五月十日

重讀安徒生

一、學者與影子

以前一直沒讀過安徒生的〈影子〉，所以在全集中讀到了，覺得很驚訝。

一位學者，忽然發覺自己的影子不見了，使他感到很苦惱。不過，在熱帶的國度裏，一切東西都長得很快，過了一個星期之後，一個新的影子從他的腿上長出來了。而在這個時候，他失去的影子也回來拜訪他了。

如今這個影子，穿上最好的黑衣服和漆皮鞋，戴着帽子，他已經變成了一個人。他還說他已經了解他內在的天性和他的本質：太陽上升或降落的時候，他會變得分外地高大；在月光裏，他看起來比學者更真實。他留下一張名片給學者，並且說：我住在有太陽的那一邊，下雨的時候我總在家裏。

過了一陣，影子重來拜訪學者，說想請學者隨他去旅行，費用都由他支付，但彼此的身份要對換，那就是說，影子當主人，學者當影子。他們到了溫泉的旅遊區，一位美麗的公主立刻注意到這兩個人，因為她注意到影子並沒有影子。影子卻說公主的毛病是觀察過於敏銳。他說，他們是與眾不同的人，所以才有一個不平常的影子。他說：別人的影子都很普通，但他的影子，他給他衣服穿戴，打扮得像一個獨立的人，還讓他有一個自己的影子。

公主認為影子是一個了不起的人，而且影子和她舞蹈時，體態輕盈，使她十分傾心。不久，公主決定和影子結婚了。影子對學者說：你可以跟着我一起住在宮殿裏，每年還能領十萬塊大洋的俸金。不過你得讓大家把你叫做影子。一年一度，當我坐在陽台上的陽光裏接受群眾的歡呼時，你得像個影子那樣，乖乖地躺在我的腳下。

學者並不接受，他認為這是欺騙公主和全國人民的事，而且，影子本來是影子，他自己才是人。當天晚上，影子對公主說：我的影子瘋了，他幻想自己變成了一個人。於是公主在又同情又憐憫的態度下下令把學者處決了。

如果有人把這篇故事拿給我看，不告訴我作者是誰，我準會猜是拉丁美洲甚麼地方甚麼人的一篇小說了。

二、堅定的錫兵

我不知道小孩子喜不喜歡安徒生的童話，或者，他們會喜歡〈皇帝的新衣〉、〈小克勞斯和大克勞斯〉。至於〈牧豬人〉、〈海的女兒〉、〈堅定的錫兵〉這些，他們會喜歡嗎？

安徒生的許多童話其實是非常悲哀的，這大概和他的一生充滿了失敗和挫折有關。在他的故事裏，不但充滿了無可奈何的悲涼的結局，死神出現的次數也相當多。〈海的女兒〉，人魚最後當然為了王子變成了泡沫；〈賣火柴的小女孩〉，點燃了最後的一點光和熱，就沉睡不醒了；而〈堅定的錫兵〉，他的結局是被小孩子拋進火爐裏去。哪一篇不是悲劇收場的呢？

安徒生的童話，童話味道一直很淡，因為他筆下的人物，大部分不是童話人

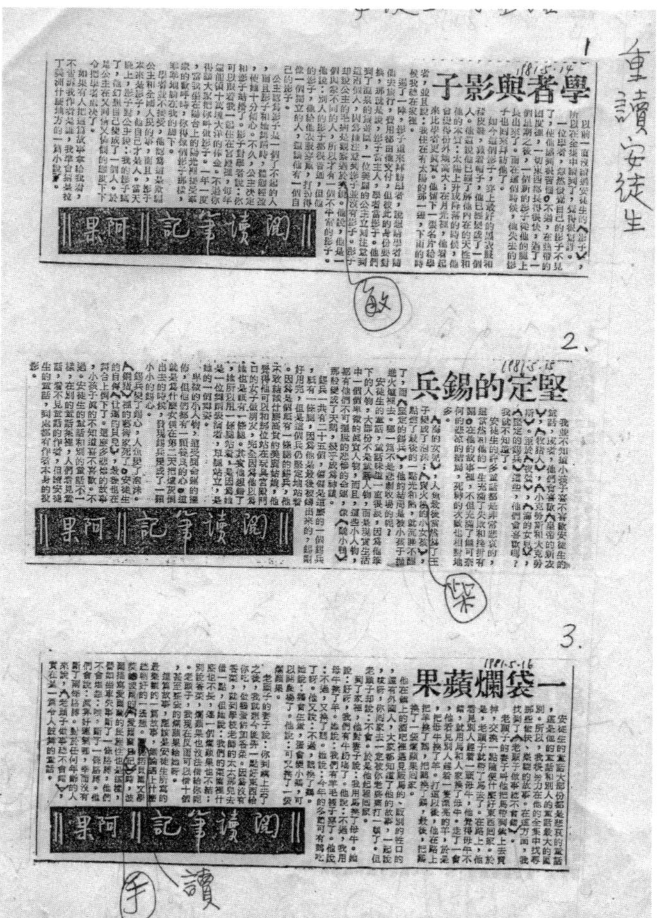

重讀安徒生

1

學者與影子

閱讀筆記 阿果

2.

堅定的錫兵

閱讀筆記 阿果

3.

一袋爛蘋果

閱讀筆記 阿果

阿果〈學者與影子〉、〈堅定的錫兵〉、〈一袋爛蘋果〉（「閱讀筆記」專欄）

物，而是現實生活中一個個卑微的真實人物，而且，這些小人物，都有他們不可擺脫的悲慘的命運，像〈醜小鴨〉變成了天鵝，幾乎成為神跡。

錫兵一共有二十五個，偏偏是這麼的一個錫兵，只有一條腿，因為他是最後被鑄出來的，錫剛好用完，這個兵仍然堅定地站着。這個只有一條腿的錫兵，他不敢結識甚麼高貴的美麗姑娘，他覺得可以和那位站在玩具宮殿門口的女子做朋友，完全因為他以為她也是只有一條腿。其實他想錯了，她所以用一條腿站着，是由於她是舞蹈表演者，單腿站立，是她的舞姿。

卑微的小人物，遭受到命運的擺佈，但他們都有一顆善良的心。這就是為甚麼女僕在第二天把爐灰倒出去的時候，發現錫兵變成了一顆小小的錫心。

錫兵變了錫心，人魚變了泡沫。〈銅豬〉裏，那個生活在藝術之都翡冷翠的銅豬，揹着一個孩童走近教堂，它可不能進去。安徒生寫：

這是一個樸素的墓碑，不過這綠地上的紅色梯子是一種極有意義的紋章：它好像就代表藝術，藝術的道路總是要經過一個灼熱的梯子才通到天上。

安徒生的頗富自傳成分的〈幸運的貝兒〉裏，那位年輕的藝術家最後也在舞台上倒下了。這麼多悲慘的故事，小孩子真的不知道喜不喜歡。不過，安徒生的童話和別的童話不一樣，在別的童話集裏，人們看見童話，看不見童話的作者，但讀安徒生的童話，到處都有作者本身的投影。

三、一袋爛蘋果

我很努力在他的全集中嘗試找尋那些愉快、樂觀的故事。在這方面，我找到了〈老頭子做事總不會錯〉。

老頭子的妻子叫他把馬帶到鎮上去賣掉，交換一點隨便甚麼好東西回家。於是，老頭子就帶了馬去了。在路上，他看見別人趕着一頭母牛，他覺得母牛不錯，就用馬和人家換了母牛。走了一會，他看見別人趕着一隻漂亮的羊，於是，把母牛換了羊。打這以後，他在路上把羊換了鵝，把鵝換了雞，最後，把雞換了一袋爛蘋果回家。

他在鎮上的酒吧裏遇見販馬的、販別的牲口的，還有外國人，大家都知道了他的故事，一起說：哎呀，你回家去一定被你老婆痛打一頓了。但老頭子卻說：不會。

他回到了家裏，對妻子說：我用馬換了母牛。她說：好呀，我們有牛奶喝了。他說：不過，我用母牛換了羊。她說：我們有羊毛襪子穿了。他說：不過，又換了鵝。她說：今年的節日可有鵝吃了呀。他又說：不過，鵝換了雞。她說：雞會生蛋，蛋會變小雞，可以開農場了。他說：可又換了一袋爛蘋果。

老頭子的妻子說：你到鎮上去了之後，我就想今晚弄一點好東西給你吃，做雞蛋餅加香菜。因為沒有香菜，就到學校老師的太太那兒去借一點，但老師太太說：我們的菜園裏甚麼也不長，連一個爛蘋果也不結；別說香菜，爛蘋果也沒法借給你呢。老頭子，我現在反而可以借十個，甚至整袋的爛蘋果給她呀。

這篇故事，應該是安徒生所寫的最樂觀的一篇故事，無論遇上甚麼，總朝好的一邊想。這的確是童話，因為正常的人不會用雞換爛蘋果，那老頭真笨，不過他有一個非常好的妻子，多麼好的性情。

讀諾貝爾文學獎作家伯爾（Heinrich Böll）的《愛爾蘭手記》（*Irish Journal*）時，伯爾描寫愛爾蘭民族性也是這樣，譬如坐車失事斷了一條胳膊，他們不會埋怨：唉，斷了一條胳膊。他們會說：真算好運氣哪，幸而沒有斷了兩條胳膊。對於任何年齡的人來說，〈老頭子做事總不會錯〉，實在是一篇令人鼓舞的童話。

四、大小克勞斯

讀安徒生的〈小克勞斯和大克勞斯〉，想起些問題。

小克勞斯有一匹馬，大克勞斯有四匹馬。整個星期，由星期二至星期日，小子要替老大犁田，而老大，每星期只犁田一次；因為在一星期內，老大借四匹馬給小子，小子卻每星期只有一匹馬借給老大。這犁田的事，使我想起我國古代的井田制，庶民要替天子諸侯犁田，即是《詩經》所說的：「雨我公田，遂及我私。」因此，大小克勞斯在一開始時就有「階級」不對等的局面，以後，故事一直寫他如何反抗和報復。

安徒生自己的一生遭受過無數的打擊和失意，在人生的旅途上，他早期一直是個挫敗者，他寫小克勞斯的反叛，可能就是為自己作抽象的掙扎和反抗。但他放縱這人物，把他寫成一個自以為替天行道、視道德法律為無物的形象。

小克勞斯本來只對大克勞斯不滿，因為老大老是欺侮他，又殺了他的馬，那麼，他復仇的對象應該針對這個一直欺凌他的人才是。在這方面，他做到了，結果終於把大克勞斯騙入袋中，擲下河去溺斃。可是，在對付大克勞斯的進程中，卻牽涉了幾個無關的人。譬如說，把老大打死了的祖母嫁禍到商店老闆身上，硬說是他害死的，不但騙取了一筆金錢，還要別人安葬他的祖母。

一個好心的農夫善意地邀請他到家裏度宿，給他張羅吃的東西，結果，他卻將一幅馬布訛稱為魔法師，說要替農夫趕鬼，騙了不少錢，當然，也勒索了「鬼」不少錢。如果說商店老闆是個壞脾氣的傢伙，農夫自己貪心，教士嘴臉可惡，罪有應得，那麼，在教堂門口休息的趕牲口的老年人又怎樣呢，小子照樣哄騙他，得到了他的牛群，更把他擲到河裏淹死。即使老年人也貪心，貪慕天國的榮華，殺害人總不是一件可以上天國的好事。故事多方面顯示了小子的聰明機智，但做盡害人利己的壞事。

五、國王與公主

童話裏的公主一般都是美麗可愛的人物。安徒生的童話裏，也有這樣的公主，像〈野天鵝〉，公主默默地為她的十一位兄長編織披甲。不過，安徒生最出色的童話，還是那些諷刺國王和公主的短篇。

〈豌豆上的公主〉，諷刺了那些養尊處優的貴族人物。把一粒豌豆放在床榻上，上面疊了二十床墊子，墊子上又鋪了二十床鴨絨被，而睡在這一大堆的墊褥上的公主居然還說睡得很不舒服。天曉得她床上有些甚麼，弄得她全身發青發紫。

〈牧豬人〉裏的公主，不懂得珍惜天然的花朵和會唱歌的夜鶯，卻喜歡一個會發出嘎嘎聲的人工小玩具。在〈牧豬人〉中，安徒生不但諷刺貴族出身的公主，還描寫了一群侍候在這任性公主身邊，沾染了眼睛長在額角上氣派的宮女，她們無不喜歡嘩啦啦地講糟透了的法國話；迎合公主的口味，鑒別公主的臉色，順着公主的意思說話。她們到牧豬人的家裏去時，要先換上木套鞋，當公主要她們代她去和牧豬人接吻，她們一齊喊：哎呀，我們可不願意幹這種事情。牧豬人是骯髒而又低賤的人，宮女們自然以為自己和公主一般高貴了。

對於國王的諷刺，安徒生寫得最成功的，當然是〈皇帝的新衣〉了。表面上，這個國王是一個只喜歡華衣美服的皇帝，每天每個鐘頭要換一套新衣服。人們提到皇帝時總是說：皇上在會議室裏。但人們一提到愛穿新衣的皇帝時卻說：皇上在更衣室裏。

不錯，國王喜歡穿新衣服，不過，國王的那件愚蠢的人看不見的「新衣」，使國王特別歡喜的，不是新衣本身，而是新衣的魔力。因為，穿上了這件「新衣」，國王就可以辨別甚麼人是聰明人，甚麼人是笨蛋。國王喜歡的，其實是超乎一般人的本領，擁有一種別人所無的辨別能力。所有的國王都是一樣的，希望擁有世界上最好的東西，包括珍寶、權力、長生不老之藥等等。伊甸園的亞當，所以吃蘋果，也不外是以為可以得到上帝的智慧吧。

六、鸛鳥的形象

晚上讀書，我可以安然讀《聊齋誌異》，但我不敢讀《安徒生童話全集》，裏面的許多故事，叫我觸目驚心，譬如〈鸛鳥〉。

一個小城市最末尾的一座屋子上，有一個鸛鳥巢。鸛鳥媽媽和她的四個小孩子坐在裏面。街上的頑童一看到鸛鳥，就唱出一首鸛鳥的古老的歌，咒那些小鸛鳥會被吊死、打死、燒死和落下來跌死。小鳥們都很害怕，起初，他們把頭深深地縮進巢裏去。後來長大了些，又學會了飛，就說：我們飛下去把他們的眼珠啄出來好嗎？

最頑皮的小孩才六歲，是他帶頭唱那些詛咒鸛鳥的歌。他們並沒有用石頭擲鸛鳥，也沒有用彈叉去打鳥，更沒有爬上屋子上去捉鸛鳥，他們唱歌，只為那是一首古老的歌，從遠古一直傳下來。但鸛鳥們卻牢牢地記着要報復。最後，是鸛鳥媽媽想出了一個好主意。她說，她知道有一個水池，裏面睡着許多嬰孩，等待鸛鳥來把他們送到小孩的父母那兒去。現在，鸛鳥可以飛到那個池子裏去，對那些沒有唱過討厭的歌或譏笑過鸛鳥的孩子，送給他們一個兄弟或姐妹，唱過歌的則是一個也不給，至於那個帶頭唱歌的頑皮小孩，就把池子裏的一個死孩送給他，讓他有一個死了的小兄弟。

多麼可怕的童話。本來，這篇童話是叫小孩子不要譏笑動物，不要胡亂詛咒他人，但結果，卻變成一場惡毒的鬥爭。鸛鳥本來是丹麥人非常喜歡的鳥，根據傳說，小孩子的出生就是鸛鳥送來的。鸛鳥應該是一種充滿喜悅、傳送喜訊的鳥，但這篇童話，反其道而行。

我幼年時喜歡畫蘋果樹，在一棵大樹上畫許多蘋果。有一次聽人說，蘋果樹因枝幹粗大堅實，常常用來問吊死囚。我對蘋果樹美麗的幻想從此落空。蘋果樹上垂吊死者，那是事實，我不得不接受，但鸛鳥會是一種陰險、仇恨的鳥嗎？尤其是想出復仇主意的，居然是身為母親的鸛鳥媽媽。我一直認為安徒生是不錯的小說家，但要是在他的作品上打上童話的旗幟，就會忘記了他多數的作品其實並不適合兒童。

七、大風吹招牌

京城大街上的屋子，都把招牌掛在門外，各種各樣的行業，就有各種各樣的招牌。裁縫店門口掛着種種衣服的圖樣，表示他能把人改裝成老粗或斯文。煙草店的招牌上畫着可愛的小孩在抽着雪茄煙，好像真事似的。有的招牌上畫着牛油、鹹魚、牧師的衣領和棺材。

一天晚上，起了一陣可怕的風暴，瓦片在天空中亂飛，所有的柵欄都吹倒了，大街上的招牌全吹亂了位置。一個剃頭師傅的招牌，是一個大黃銅盆，被吹到落在司法顧問官的窗洞裏。一個箍桶匠的桶，死釘在「仕女服裝店」的招牌底下。「高等教育研究所」這幾個字被搬到一個打彈子俱樂部的門上，而研究所的門上卻掛起了「這裏用奶瓶養孩子」這個招牌。一個飯館的菜單，被暴風吹到戲院門口，於是，看來這天戲院上演的是《蘿蔔湯和包餡子白菜》。

第二天早晨，城裏所有的招牌都換了位置，於是，不少人找錯了他們要訪的人和地方，有些人以為自己是去參加非常莊嚴的市政會議，結果，卻到了一間翻天覆地的男孩子學校，有些人分別不出戲院和教堂。風信雞飛到對面的屋頂上去，方向全指錯了。

〈風暴把招牌換了〉，是安徒生的諷刺短篇，把招牌換了地方，毫不留情地譏諷城內各種人物：司法顧問官身邊的人擅長替人剃頭，喜好華衣美服的人活像被箍了一個桶在身上，高等教育研究所竟是彈子俱樂部。

安徒生還通過招牌，詳細描述了當地的民族風采。在小城裏，遷移招牌是一件大事，比如鞋匠們要轉到另一個同業公會去而要搬招牌，他們要高舉旗幟，旗子上繪着一隻大鞋和一個雙頭鷹。年長的伙計們要拿着拔出的劍，劍頭上插着一個檸檬。此外還要有一個完整的樂隊，是全套的土耳其噪樂，最漂亮的一件樂器名叫「鳥」，頂上有一個新月，上面掛着各種叮叮噹噹的東西。

行列的前面還有小丑表演，同業公會最老的會員還要演講。不過，人們自己搬招牌，就不會出現大風吹招牌之後的奇景了。

八、科幻童話

法國小說家米修．畢陀曾以結構主義的評論分析，論法國童話，把童話中的想像、國王與牧人、父母與兒童、男性與女性之間的對立、聯繫作一探討。最後他認為，童話與現實社會有緊密的關連，童話能幫助兒童在成長中對複雜的現實社會起平衡的作用。但他以為如今人們已不能夠再寫具權威性的「新童話」，古老的童話將流傳下去；然而，成長中的小孩面對的困境和以往不再相同，所以必須以新的故事來補填舊有的不足，童話中的神仙已改變面貌，人們必須給他們新的名字。

現代的兒童該讀怎樣的新童話呢？或者，在這個穿梭機飛翔的時代，人們該寫的是科幻童話吧。讀安徒生全集，發覺原來一百多年前的安徒生，已經寫過有關科幻的童話：一個人只要穿上一雙幸運的套鞋，就能在時間隧道中往來。

一名守夜的人，發現一雙套鞋，穿在腳上又暖又舒服，他可不知道這是一雙奇異的鞋，穿上它的人只要想變成甚麼，或者想到甚麼地方去，會立刻實現。守夜人坐在路邊看見一顆流星，他忽然想，人們說，一個人死了，靈魂就會從這顆星飛到那顆星去。我要是能飛到星上去就好了，他說。果然，他這麼一想，靈魂就飛走了。在幾秒鐘之內，守夜人的靈魂走了七十二萬八千里，到了月亮上。

安徒生寫道：組成月球的物質比我們的地球要輕得多，而且還很柔軟，像剛下的雪一樣。月球上有一群數不清的山組成大山環，山環的中央，有一個像鍋一樣的深坑，它凹下去，有八、九里深。坑下面有一個城市，它的形狀很像裝在玻璃杯水中的蛋白。那裏的尖塔、圓屋頂和像船帆一樣的陽台，浮在透明的、稀薄的空氣中。我們的地球浮在它的頭上像一個火紅的大球。守夜人的靈魂還在月球上看見生物，樣子和我們不同，語言也不同。月球人說地球上的空氣太厚，不適宜他們居住。

一百多年前，安徒生所了解的月球就是那樣，他的資料是參考十八世紀德國天文學家麥特勒的月球圖。

一九八一年五月十四日至二十二日

指法

有時候，我經過一些樓宇，會聽到屋子裏有人彈鋼琴，要是聲音好聽，我就會停下腳步聽一陣。不過，屋子裏彈琴的人很少彈一首完整的曲子，因為，這個人又不是一張唱片、一卷錄音帶，而且彈鋼琴的人又不是在舉行演奏會。我常常在別人的屋子外面聽見屋子裏的人在彈音階、練指法，手指在琴鍵上來來回回地跳躍，上樓梯下樓梯那般。因為是練指法，所以，音符是重複又重複的，這，就像一張損壞了的唱片了；因為是練習，所以，彈到某節音階時，錯了，再彈，又錯了，又再彈。不過，鋼琴的聲音其實大多都很好聽，只是那些重複、那些停頓，使人不耐煩罷了。當然，在音樂會上，整首樂曲都是一氣呵成的「演出」，練指法的階段過去了，彈音階的情形隱沒了。

音樂會不是每天都舉行的，可練指法卻是每天都要做的事，所以我想，聽到別人斷斷續續地練指法，來來去去彈那幾個音階，是不錯的，因為重要的是坐在鋼琴前不斷地練習，不斷地改進。

如果坐在家裏，我就聽不到別人家裏傳來的鋼琴聲了，我的鄰居並沒有一個人彈鋼琴。坐在家裏，我會看書，特別喜歡看小說。寫小說，大概就是作者在彈鋼琴吧。要練習多少日子的指法，才能演奏出一首樂曲呢？他們練習的時候，在一段音階上重複了多少次，在一個音符上，又思考了多少時間？練鋼琴的人，琴聲往往會傳到室外，過路的人停下步來可以聽見。寫小說的人寫作的時候，則是默默無聲的，許多都是改了又改，除非他們把初稿拿出來，誰知道他們修改的艱苦過程呢。

我讀到的小說，有些很好看，有些卻不大好看，那些不大好看的小說給我的感覺，就像我經過別人的屋子，聽見有人在屋子裏彈鋼琴，這裏那裏彷彿錯了音調，拍子不準確了，旋律呆滯了，等等。事實上，不好看的比好看的遠多得多，對於那些不大好看的小說，我想，作者不過是在練指法罷了，樂曲彈得不好又有甚麼要緊呢，只要彈鋼琴的人能夠常常坐在鋼琴前不斷地練習、不斷改進和探索就好了。

一九八三年八月三十日

編劇

如果有兩本書，一本是法國的《羅蘭之歌》（*La Chanson de Roland*），一本是西班牙的《熙德之歌》（*El Cantar de Mio Çid*），要改編為電影劇本，該選哪一本？若是我，不用多想，就選《羅蘭之歌》。同是中世紀的騎士文學、英雄史詩，都有鮮明的三角、戰爭場面，有甚麼分別呢？大概就在細節上了。

熙德的故事，事實上比羅蘭複雜，既有曲折的愛情又有審判場面，可是編劇就難了，史詩只得故事的骨幹，一切都沒有詳細描述。戰爭場面如何，怎樣打法，總得有畫面給觀眾看才行。熙德的故事搬過上銀幕，我只記得其中一個畫面：一張很長的餐桌，一端坐着一個人。那個編劇不知編得辛苦不辛苦，也許他要到別的騎士文學中找材料。這其實有另一個好處，編劇可以自由發揮，甚至天馬行空。改編名著，亦步亦趨，失敗的多。

編羅蘭的故事，可容易多了，戰爭場面清清楚楚，如何對陣、如何獨鬥，一招一式早已寫好。羅蘭死前的一場更加出色，戰場上已無一人，重傷的羅蘭獨自找尋朋友和將士的屍體，一具一具搬到垂死的主教身前整齊擺放，主教臨終前還為他們祝福。羅蘭自己登上山崗，選擇兩株美好的樹，把號角和劍放在草地，伏身在上，面向異教徒的方向走去，再傷重戰死。編劇照寫就行，根本不用費心去編。但問題來了，看書不就夠了？

維摩說法

看一幅畫，是李公麟的《維摩演教圖》。我喜歡看一些「有故事」的畫。《維摩演教圖》講的是佛教《維摩詰經》中記載的故事。維摩學識淵博，德行崇高，善於應機化導，是佛典中一位現身說法長於辯才的人物。有一次，維摩稱病在家，釋迦牟尼要派遣弟子們去探望他，這些弟子怕辯論不過維摩，不敢前往，結果，釋迦牟尼身邊的脇待文殊師利去了。

文殊和普賢並稱為釋迦牟尼的兩大脇待，在一般的塑像和畫像中，普賢身邊有一隻白象，文殊身邊是一隻獅子，並且各跟着一名童子。這次，在李公麟的畫裏，文殊身邊同樣畫着一隻神采飛揚的獅子，以及一個滿身敦煌彩帶的小童。文殊坐在矮壇上，腳踏蓮花座，雙手合十，很專心地聆聽維摩的宣講。而維摩呢，面帶病容，但精神矍鑠，右手執扇，左手豎起了兩隻手指，正在滔滔不絕地講佛教教義。

這幅畫裏的重要人物當然是維摩和文殊，不過，畫面中心正在上演一幕「天女散花」的戲劇。維摩坐的炕邊，站着一位美麗的散花天女，左手舉起一個花籃，右手卻一朵一朵地，把花擲到一位佛門子弟的身上。天女散花是甚麼意思呢？是這樣的，如果做菩薩的修行到家，撒在他身上的花就會落到地上；如果有誰凡心重，修行不到家，那麼天女撒的花就會黏在他身上，掉不下來了。

文殊面前的一位佛門大弟子，身上的衣裟黏滿了花朵，他努力想把花抖落，但花朵就是不掉下來，所以，他皺起了眉頭。而那邊的天女，還從容不迫地對他撒，好像說：花着身，是結習未盡；結習盡者，花不着。結習，指煩惱習氣。

維摩向文殊宣揚了大乘教義。李公麟這幅畫是白描，畫中還有聽經的法僧、天女和護法神將，整幅畫「不施丹青而光彩動人」。

常常看見許多象牙、陶瓷雕像都是天女散花獨像，沒見過有一個和尚滿身黏滿花朵的。唉，花朵，許多人還把它們拼命插在髮上、別在襟上哩。

一九八三年九月十一日

鹽城丹頂鶴

我很喜歡到動植物公園去看動物，看很聽話的狒狒啦，看國字臉的老虎啦，看火鶴啦等等。有時候，我沒有到動植物公園去，不過在報紙上可以知道一點公園的消息，可能是好的消息，譬如公園裏添了新的動物了，原來的動物生了小寶寶了；可能是不好的消息，譬如有一頭我見過的國字臉老虎，因為有病給人道毀滅了。最近，一頭丹頂鶴隨風飛去，找不到了。丹頂鶴飛到哪裏去了呢？最好能夠無恙地飛到鹽城去吧。

看過一本叫《大自然》的雜誌，裏面有一篇文章，叫做〈鹽城發現三六一隻丹頂鶴〉。原來江蘇省鹽城地區，位於江淮之間，在黃海之濱，沿海地方灘塗闊、自然植披茂密，是丹頂鶴等珍禽越冬棲息的好地方，現在，這個地方已被列為自然保護區。為了調查研究丹頂鶴等珍禽的分佈情況、生活習慣，當地的環境保護專業人員在去年十二月組織了一個考察隊，到沿海五縣作了為期一個月的調查，結果發現鹽城沿海四〇三公里長的海岸線上，共有十九處灘塗，棲息了三百六十一隻丹頂鶴。

從考察得知，三十隻以上鶴群的活動具有相對的穩定性，易於觀察分析其生活習性。他們認為，丹頂鶴的生態大致可分為草灘型與鹽灘型。鹽城射陽縣境內棲息的丹頂鶴屬草灘型，這裏是淤質沙灘，平坦寬闊，植披豐富，生長着茂密的獐毛草、鹽蒿、大米草、蘆葦。貝殼類以蟛蜞最多，洞穴到處都是。沙灘上水深只有一至二厘米，這裏約有一百二十一隻丹頂鶴，是目前發現的最大的鶴群。另一個鹽城響水縣，棲息着的丹頂鶴屬於鹽灘型，這裏的丹頂鶴足跡呈丁字形，爪寬十六厘米，步距六十厘米。

鹽水的濃度與鶴群的活動明顯相關，鹽度太大或太小都不適合鶴群居住。在四、五十年代，鹽城地區每年有數以千計的丹頂鶴前來越冬；六十年代以後，由於灘塗開發，移民遷來，又有人肆意捕殺及軍事活動，到鹽城越冬的丹頂鶴愈來愈少，到目前，只剩下三六一隻了。今年的冬天，會不會是三六二隻呢？

一九八三年九月十二日

滿漢、全席

一、滿漢全席

滿漢全席是甚麼呢？原來是滿人和漢人的筵席匯合在一起。滿族人在入關之前，他們的筵席叫「餑餑席」，每桌席要使用八十多斤麵粉，最少也要使用二十四斤，這是主食。副食的品種不多，烹調上比較簡單，主要採用燒、烤、煮、燉、涮等方法。調味品用鹽、醬油、醬、花椒、蔥、薑、蒜等。菜餚的特點一般都是焦脆香濃，造型粗笨，作法也比較原始，帶有濃郁的游牧民族食品的風格。現在一般的涮羊肉、火鍋等菜餚，就是起源於滿族人的烹調。

滿族入關後，起初還保持飲食上的民族特色，漸漸受到漢文化的影響，飲食大大地考究起來。到了康雍乾之際，國家大廚房光祿寺舉辦的各種宮廷筵席宴已分為「滿席」和「漢席」，其中「滿席」分六等，「漢席」分三等，又再分上席和中席，但滿、漢席共筵的情況還是沒有的。《大清會典》中也沒有這樣的記載。反而是那些達官顯宦，彼此經常宴請，菜點豐富豪華，講究排場，那些外出上任的官員自己帶有技藝高超的廚師，就把滿族菜點加以改革，始有滿漢全席出現。清代李斗的《揚州畫舫錄》中就有滿漢全席的最早記錄。

乾隆以後，滿漢全席由官府傳到民間，許多菜館酒樓都以滿漢全席招徠，全國風行。慈禧曾下令京外各省市一律不許使用滿漢全席這個名稱，後來光緒則下了一道旨意：王侯將領可以享用。辛亥革命後，清宮中御廚們紛紛逃出宮廷謀生，把宮中菜點移到尋常飯店枱面上，不過內容有的簡化，原來二百多個菜減到一百多，但基本上仍包括燕窩、魚翅、海參、魚肚、鮑魚、鮮貝、熊掌、豹狸、山瑞、龍蝦、螺蚧，或有猴腦。連年戰亂，滿漢全席因為沒有人光顧已經擺不出來了，於是，出現了新的形式，掛的招牌是「全羊席」、「全鳳宴」，或「海王席」（龍蝦席）、「全龍席」（鱔魚席）等等。菜式也減省許多，一般是八大件、八小炒、四冷葷、四熱葷、兩甜點、四京果、四看果、伊麵和四飯菜。

二、全席

正宗的滿漢全席，有一定的禮儀、程序和格局。清朝官府舉辦滿漢全席時，要奏樂、鳴炮、行禮恭迎賓客入座。侍應的工作是很嚴格的，客人未就座之前，要把乾果、糖餞、蜜餞、鮮果、冷葷、點心擺放在餐桌上，並要穿插擺齊，分佈協調，先讓客人欣賞一番，以示枱面的精美和豪華。這樣的亮相叫「亮席」。

賓客看過果品之後，侍者撤去桌面上的乾果、鮮果和點心，重新擺放餐具，做好餐前的準備，客人被請入餐室，要按職論輩就坐，這就是「定席」。客人入座後，由侍者先安排進門點心，如果邀請的是高官顯爵或主人的長輩，當他們進入府門後，侍者要先上菜，名曰「安位菜」，以表示主人對客人的尊敬和熱忱。

「亮席」是非常考究的，承襲了清宮滿席的擺席特點。在滿席中，盛放餑餑、果品器皿的高度有嚴格的規定。頭等宴席器皿的高度為一點五尺，二等為一點四尺，依次三、四、五、六等為一點三、一點二、一點一尺高。因此，賓客看到「亮席」的陳設方式時，對他參加宴席的規格就心中有數了。滿漢全席盛放果品，點心的器皿高度在半尺至一尺之間。

清初官辦滿漢全席時，多採用四人一桌的設置，清末一般是八人一桌。上菜的先後和菜品的基數也有一定的規格。上菜時要分為冷葷、頭菜、炒菜、飯菜、甜菜、點心和水果等。每道菜品，一般以四件和八件為基數，也有以十件為基數的。比如揚州的「揚席」，共有菜點一百一十種，名目繁多的食品，往往要分幾天吃，而且要一邊吃一邊娛樂，但這樣的筵席，如今已經很少了。

現在的滿漢全席，每次宴會一般已簡化為六道大菜，取意為「六六順」，每道大菜帶有兩個或四個副菜，象徵「帶子上朝」，取如意吉祥的意頭。當然，現在的滿漢全席和以前的筵席已經相差很遠了。

我談的「滿漢全席」的文章，是一位「一級廚師」的自述。一級廚師，他現在每天煮些甚麼菜呢？

一九八三年九月二十三日至二十四日

《薩哈林旅行記》

一、庫頁島

我本來正在閱讀加西亞·馬爾克斯的《番石榴的香味》，但後來換了一本書看，看的是契訶夫的《薩哈林旅行記》。這不是一本新書，算起來，是將近出版了一百年的舊作了，一八九五年的單行本，一九〇一年收進《契訶夫文集》第十卷。為甚麼忽然要讀起《薩哈林旅行記》來呢？因為契訶夫到過的薩哈林，就是今日的庫頁島。而一架民航機在庫頁島上空剛被擊落。

庫頁島是個怎樣的地方呢？一百年前，它是俄國最大的流放苦役地。整個島（歐洲人曾經以為它是半島）孤懸海中，四面環水，可以防止囚犯外逃，從十九世紀六十年代中期起，庫頁島便囚禁着成千上萬的政治犯和刑事犯，其中有俄羅斯人、烏克蘭人、韃靼人、芬蘭人、波蘭人、高加索人和其他許多民族，包括中國人在內。他們在兇殘的獄長、獄卒的皮鞭下從事各種苦役勞動，過着非人生活。

契訶夫於一八九〇年四月從莫斯科出發，途經西伯利亞，於七月十日到達庫頁島。他在島上停留了三個月零三天，走訪了監獄、礦井、移民屯，翻閱了大量文件檔案資料，對流放苦役犯的生活進行了實地考察。

《薩哈林旅行記》原名《薩哈林島》，副題〈旅行札記〉，是一本報告文學。

作者在書本出版後寫道：「很高興我那散文衣櫥裏將要掛上這件粗硬的囚衣。」這個島的確是一個監牢。書本附八幅庫頁島的照片，其中六幅是作者自己的收藏。當時的庫頁島，從海中望去，並非崇山峻嶺，而是一個平矮荒涼的長島；有幾幅拍的是苦役犯在拖木材或被套上重鐐。庫頁島上本來有土著和基里亞克人居住，俄國人佔領島嶼後，不斷欺壓島上的人民，於是有一個基里亞克薩滿（巫師）便詛咒薩哈林，預言以後從島上不會獲得任何好處。事實上，住在島上的人都想盡辦法離開，因為那裏氣候寒冷、土地貧瘠，種甚麼食糧都是年年歉收。此外，島上的生活單調，整日聽到的只是鎖鍊的聲響和大海的喧囂。

二、薩哈林島

薩哈林島位於鄂霍次克海中，把西伯利亞東岸和阿穆爾河口跟大洋隔開，它自北而南呈長形，很像一條鱘魚。它的地理座標是 51°N 143°E。薩哈林的北部，冰凍地帶貫穿全境，整個島的面積比希臘大一倍、比丹麥大一半。從前，全島分北、中、南三部，稍後只分南北兩部。島嶼北部的三分之一，就其氣候和土壤條件來説不適宜居住。中部的三分之一叫作北薩哈林，南部的三分之一叫作南薩哈林。

南薩哈林屬於俄國，是一八七五年以後的事。以前，這個地方又曾被認為是日本領土，有些航海地理天文指南，還把北薩哈林的兩處海岬劃歸日本，但日本人只派了測繪官前往踏察島嶼，沒有帶來大量的移民，因為沒有人能忍受那裏的嚴寒。日本漁民上薩哈林，只是臨時駐足，不事耕耘，也不飼養牲畜，一切必需品都從日本運來，吸引他們到南薩哈林的唯一事物是魚，因為捕魚可獲巨利。

一八六七年俄日簽訂條約，薩哈林由兩國共管；俄國人和日本人具有同等權力支配該島。到一八七五年，新簽的條約才簽訂薩哈林完全歸入俄國版圖，而日本，相應地得到全部千島群島，作為補償。俄國人認為薩哈林是俄國領土，理由是該島在十七世紀時已被通古斯人佔領，俄國人又在一七四二年首次測繪了薩哈林。其實，外國人最初對薩哈林進行測繪的，是荷蘭人；十七世紀佔領薩哈林的，是奧羅奇人，南薩哈林後來則是日本人首先佔領的。

薩哈林沒有「氣候」，有的只是壞天氣。這個島嶼是俄國降雨量最多的地方，氣候寒冷、潮濕，變幻無常，平均溫度為零度，一年有一百八十一天是嚴寒，一百五十一天刮寒風，蕎麥、小麥都不能很好地成熟。大霧瀰漫是常見的現象，而且海霧帶有鹽分，影響樹木和草場，人們只能種植馬鈴薯。契訶夫在一個晴天裏，就看見濃霧像一堵白牆從海上湧來，彷彿天空落下一道白色的幕布。

三、島民

住在薩哈林島上的人，有幾類，第一類是流放犯，即苦役犯，刑期由八年至二十年不等，他們都是犯了罪，有的只是很輕的罪，被流放到島上來。他們需要服勞役，工作的內容不只是淘金和挖煤，還要刨樹、建房、疏浚沼澤、捕魚、刈草、裝卸輪船等，而且，苦役犯還代替了馱東西的牲口。

苦役犯刑期一滿，就可以解除勞役，轉為強制移民。薩哈林島上有兩種移民，一種是自由移民，另一種則是強制移民。強制移民是流放犯因刑期滿而轉換身份的；自由移民則是沒有犯過罪，自己到島上來生活的人，其中有一些以為可以到新土地開發，建立新家園，而另一些，多數是婦女，因為丈夫成了流放犯，才追隨丈夫到島上的。

強制移民再過十年，就可以升格為農民，農民才有權離開薩哈林，他們所以還留在島上沒走，是因為沒有足夠的錢離開。所有的農民都不希望在島上生活，這裏的生活毫無保障，情緒苦悶，時刻都要為子女提心吊膽，他們都熱切地希望呼吸自由的空氣，體驗一下真正不再是囚犯的生活。

在島上的生活困苦。流放犯不用說，強制移民的勞役比流放犯更消耗體力，因為他們不再生活在苦役場，而在移民屯。新居通常是在沼澤地帶，荒林叢生，移民來到這裏隨身只有一把斧頭、一把鋸、一把鍬。他要伐木，掘樹根，開溝挖渠，排泄積水；他得餐風露宿。生活在濕地裏，容易患薩哈林寒熱病。交通不便，運送沉重物品都要耗費大量體力，背負工具，穿越原始森林，涉水攀山，是更大的勞役。

農民受到的待遇當然比流放犯好多了，但薩哈林島根本是一個不能種植甚麼的地方，既然沒有物產，如何能儲蓄金錢離開呢，有的連一日的口糧也只能勉強維持。況且，從流放犯變為農民，已經過了十多二十年，長期的勞役，營養不良，身體愈來愈差，要離開薩哈林也不容易了。於是，流放犯、移民、農民，都痛苦地活在島上。

四、女性移民

薩哈林島本來是流放犯的苦役地，是一座大監牢，可是，這個地方並沒有專門的女監獄，女流放犯被送到薩哈林，只像女奴一般，命運由長官們安排。最早的時候，女苦役犯到了薩哈林，立刻被送進了妓館，只有那些「不能博取男人歡心」的女人，才被派到伙房工作。

女犯人到了薩哈林，先是由官員們自己選擇，有的成了他們的女僕，有的成了他們的內室。還有一些，則分配給當地的移民，優先考慮的是稍有家業、行為端正、贏得長官好感的移民。這些為數不多的「選民」一得到命令，就來領取女人了。「新郎」們踱來踱去，打量低頭坐着的女人，一邊看相，一邊盤算：誰會是個好主婦？合意了，就坐在女子身邊談話。女人會問他有沒有茶飲，房蓋是乾草還是木板，如果男人有茶有馬有小母牛有木板的房蓋，女子就覺得滿意了。她會問：你不會欺負我吧？女人登記了，就由移民帶回家，鄰居看看「新郎」的家炊煙裊裊，燒起茶水，都十分羨慕，因為娶妻不易。

把女流放犯送上薩哈林去，沒有人想到懲罰和改悔的問題，而是考慮她們會不會生孩子、會不會管理家務。按照「流放犯管理條例」規定，女苦役犯是到移民家裏當「女工」的，實際上，絕大多數都成了姘婦。從官員那裏領了「妻子」回家的移民，一般對妻子都算好，島上缺少女人，做飯、補衣、擠牛奶、種地，都要自己做，娶得了妻子，多一個人手，生活也沒有那麼單調。許多人希望和女苦役犯同居，另外一個原因，是由於女苦役犯可以得到一份口糧，有時候，這份口糧就是全家唯一的伙食來源。如果女犯人服刑期滿，取得移民資格，就不能再領取口糧和囚衣了，所以，女犯人的生活往往比移民的生活好過些，刑期也愈長愈好。跟隨丈夫到薩哈林的女移民命運不佳，她們沒有多少錢，又無接濟，生活很快就陷入困境，單靠高雅的感情餵不飽肚皮，不久，她們只好拿自己去換錢了。

五、基里亞克人

薩哈林島的土著是基里亞克人，他們居住在北薩哈林東部和西部沿海及各條河流兩岸，他們對固定居址毫不眷戀，常常扔掉自己的窩棚，外出漁獵，攜着家眷，帶着狗，到處遊蕩。據統計，一八五六年時，島上有三千二百七十個基里亞克人；十五年後，是一千五百人；而到了一八八七年，只有三百二十人了。所以，到了現在，他們可能已經絕跡了。不過，官方數字不能真正代表甚麼，因為基里亞克人到處為家，統計的官員不知道他們流浪到了甚麼地方，找他們不到。他們又討厭各種調查和註冊登記。

基里亞克人不屬於蒙古和通古斯種族，契訶夫說他們屬於一個尚沒弄清楚的種族。他們的臉呈圓形，扁平，黃色，高顴骨，吊眼梢、鬍鬚稀疏，直髮，烏黑，很硬，在後腦勺梳成一根小辮；從面部表情看不出他們是野蠻人，因為他們的表情常常像若有所思，溫柔，很像女人。他們體格健壯、敦實，身材中等，甚至矮小，所有的人都體瘦多筋，食物中含有大量的脂肪。他們食用海豹肥肉、鮭肉、鱘魚和鯨魚脂肪，往往生食。由於食物粗糙，牙齒磨損嚴重。

他們穿中國土布做的布衫和褲子，肩上披海豹皮短皮襖，為了追求時髦，居然穿上囚服。從前，他們還穿過華麗的綢緞衣服，上面繡了許多花，後來則打了燈籠也找不到了。他們的居屋是窩棚，夏棚建在立柱上，冬棚在地窖，裏面是木，外面是泥，適應潮濕和寒冷的氣候。基里亞克人從不洗臉，也不洗衣服，無論男女小孩都吸煙草，由於衛生差，死亡率很高。

基里亞克人不好戰，也不吵架毆鬥，對人相睦，而且辦事認真，從來沒有發生過基里亞克人把郵件扔在半路上，又或侵吞別人東西的事例。俄國官員曾僱他們搬運貨物，發現他們敏捷，準確履行任務，伶俐愉快，無拘無束，在有錢有勢的人面前可也不自卑。俄國官員常用一個圓麵包或一瓶酒，換回珍貴的狐皮和貂皮，又賞錢讓基里亞克人參加追捕逃犯，而這樣，並不能使基里亞克人俄化，反而使他們腐化。

六、大麻哈

在薩哈林島上，種植幾乎是不可能的，即使勤儉和不怕困難，也只能種些蕪菁、黃瓜、白菜和馬鈴薯。除了種植，島民的輔助收入是狩獵和捕魚。不過，流放犯中獵人極少，他們必須具有自由權利，還要勇敢、健康，而流放犯大多數性格軟弱，膽子小，神經衰弱，他們在家時沒有當過獵人，根本不會放槍。

流放犯的另一資源是捕獲回游魚。其中，大麻哈是主要的對象。大麻哈又名大馬哈，屬鮭魚科，大小、顏色和味道都近似鮭魚，棲息在大洋北部，到一定時期向北美和西伯利亞某些河流回游，數量是無窮無盡的，牠們疾速地逆水而上，直達上游的山間泉溪為止。薩哈林的大麻哈汛期在七月末和八月上旬，那時，河水如沸，散發着魚腥味，船槳無法划動，一動就會撞到魚身上，把魚抛出水面。在河口區，大麻哈肥壯有力，不停地逆流疾游、擁擠、磨擦、在樹墩和石塊上衝撞，使牠們精疲力竭，變得極其消瘦，全身佈滿血斑，魚肉鬆弛蒼白，牙齒向外突出，變得不可辨認。不知內情的人會以為是另一種魚，不再叫牠們大麻哈，而稱作呲牙魚。

魚群耗盡體力，無力逆水上游，只好漂進河沼，或者藏身樹墩之下，把頭扎進河岸。這時人們可以輕易用手撈到，甚至熊也可以用掌直接捕獲。雖然有這麼多的魚，可島民不知道該怎樣捕撈和醃製。事實上，監獄佔據了最好的網灘，分給移民的是岩檻和石灘。移民自製質量低劣的網具，常在石礁上造成損壞，儘管這樣，也能網到很多魚。可是這些魚都呲着牙、弓着背，全身血斑，不是已經死去，就是在網中掙扎幾下就斷了氣，結果，許多人吃到的只是臭魚。島民還不能掌握回游魚的習性，不知道應該到河口或河的下游去捕撈，愈往上游的魚便愈不好吃，在河口捕的魚是大麻哈，到了上游都變成了呲牙魚。有組織的大規模捕魚會獲得巨利，南薩哈林由日本治理時，每年可賺約五十萬盧布，單是熬煉魚油，就要六百多口大鍋。

七、黑河的峭壁

薩哈林島，我國稱為庫頁島，日本則稱為樺太島，樺太島譯為中文，即是「中國的島嶼」。可見日本在十九世紀認為庫頁島本來是中國的地方。契訶夫在《薩哈林旅行記》中只提俄國曾和日本共管該島。

追溯我國歷史文獻，清楚記載庫頁島自古與中國的淵源，不必細述，唐朝管轄的地區，自黑龍江下游至其沿海的地方，即包括庫頁島。明代太監亦失哈在永樂十年，曾以欽差大臣身份，到庫頁島會見吉列迷首領，並修建永寧寺，鐫刻了「永寧寺碑」。碑的陽面用漢文，陰面用女真文和蒙古文，記述建奴兒干都司的經過，指出黑龍江下游和庫頁島屬明朝管轄。

契訶夫的《薩哈林旅行記》在介紹薩哈林時，這樣報道：一七一〇年中國皇帝敕令在北京的外國傳教士繪製一幅韃靼地區圖，傳教士們在繪製這幅地圖時，顯而易見，使用了日本的地圖，因為當時只有日本人才知道拉彼魯茲海峽和韃靼海峽是可以通行的。

這報道是錯誤的。韃靼，是外國人對我國突厥、匈奴、蒙古的統稱。康熙在一七〇八年敕令繪製《皇輿全覽圖》時，傳教士並沒有參照任何日本地圖。日本人寺島良安的《和漢三才圖會》、林子平的《三國通覽圖說》、近藤重藏的《邊要分界圖考》等書一直把庫頁島當作半島，只叫樺太，而中國早就知道庫頁島是島。一六一七年清初，努爾哈赤招服了黑龍江和烏蘇里江匯合處以東的使犬部後，庫頁島內附，歲貢貂皮。再過兩年，努爾哈赤統一海西四部，經過數十年的努力，終於接管了黑龍江、烏蘇里江流域的廣大地區。北至外興安嶺，東抵鄂霍次克海、庫頁島，西到貝爾加湖，全為清所有。

第一個發現韃靼海峽的日本人，知道庫頁島是島嶼，是間宮林藏（一七七五—

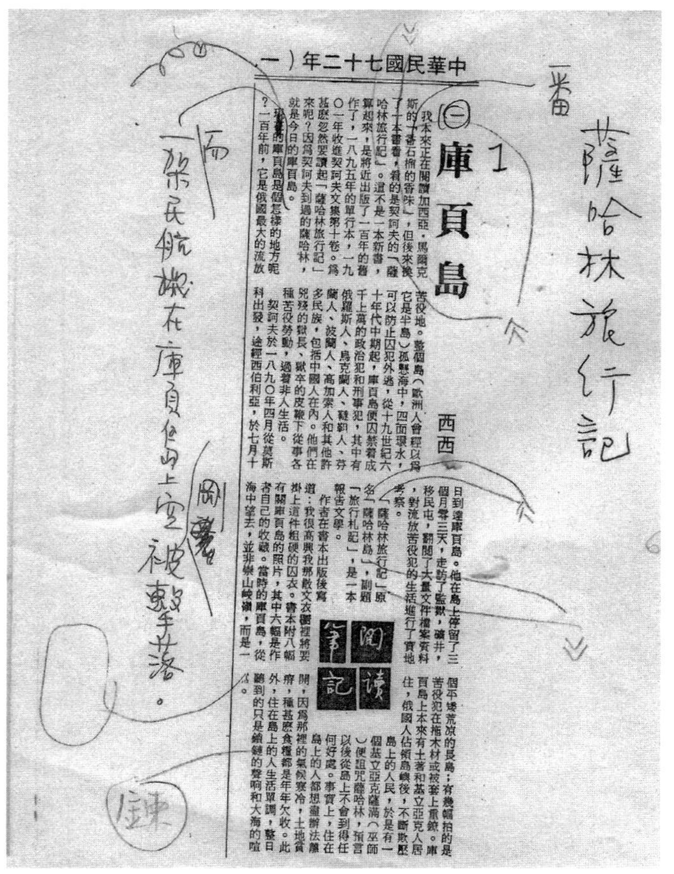

中華民國七十二年（一

庫頁島 (一)

西西

我本來正在閱讀加西亞·馬爾克斯的「番石榴的香味」，但後來換了一本書看，看的是契訶夫的「薩哈林旅行記」。這不是一本新書，算起來，是將近出版了一百年的舊作了，一八九五年的單行本，一九〇一年收進契訶夫文集第十卷。爲甚麼忽然要讀起「薩哈林旅行記」來呢？因爲契訶夫到過的薩哈林，就是今日的庫頁島。

現在的庫頁島是個怎樣的地方呢？一百年前，它是俄國最大的流放苦役地。整個島（歐洲人曾經以爲它是半島）孤懸海中，四面環水，可以防止囚犯外逃，從十九世紀六十年代中期起，庫頁島便因禁着成千上萬的政治犯和刑事犯，其中有俄羅斯人、烏克蘭人、韃靼人、芬蘭人、波蘭人、高加索人和其他許多民族，包括中國人在內。他們在兇殘的獄長、獄卒的皮鞭下從事各種苦役勞動，過着非人生活。

契訶夫於一八九〇年四月從莫斯科出發，途經西伯利亞，於七月十日到達庫頁島。他在島上停留了三個月零三天，走訪了監獄，礦井，移民屯，翻閱了大量文件檔案資料，對流放苦役犯的生活進行了實地考察。

「薩哈林旅行記」原名「薩哈林島」，副題「旅行札記」，是一本報告文學。

作者在書本出版後寫道：我很高興我那散文衣櫥裡將要掛上這件粗硬的囚衣。書本附八幅有關庫頁島的照片，其中六幅是作者自己的收藏。當時的庫頁島，從海中望去，並非崇山峻嶺，而是一個平矮荒涼的長島；有幾幅拍的是苦役犯在拖木材或被套上鐐鎖。庫頁島上本來有土著和基立亞克人居住，俄國人佔領島嶼後，不斷欺壓島上的人民，於是有一個基立亞克薩滿（巫師）便詛咒薩哈林，預言以後從島上不會到得任何好處。事實上，住在島上的人都想盡辦法離開，因爲那裡的氣候寒冷，土地貧瘠，種甚麼食糧都是年年欠收。此外，住在島上的人生活單調，整日聽到的只是鎖鏈的聲響和大海的喧囂。

閱讀筆記

〈薩哈林旅行記〉（「閱讀筆記」專欄）

一八四四）。他於一八〇八年到庫頁島和黑龍江下游一帶偵察，了解俄國的邊界和擴張情況。他的考察報告《東韃紀行》在日本長期只以手抄本流傳，一八二九年才譯成德文在歐洲發表，這已是《皇輿全覽圖》一百年以後的事了。《皇輿全覽圖》於一七三七年傳到法國，為法地理學家丹維爾的地圖冊採用，名為《中國、中國所屬韃靼和西藏最新地圖冊》。傳教士照古語 SAGHALIEN-ANGAHATA 在地圖上注明黑龍江口對面的岬角，意思是「黑河的峭壁」。但法國人以為那是指庫頁島，即照拼音譯成「薩哈林」，從此，外國的地圖上出現了薩哈林的名字。

一九八三年九月十三日至二十一日

福克納：熨斗、玫瑰

一、熨斗

當我去買一個熨斗的時候，我只知道，我的選擇該是去找一個重的熨斗還是一個輕的熨斗，一個大型的熨斗還是一個小型的熨斗，一個笨拙的熨斗還是一個靈巧的熨斗，一個蒸汽的熨斗還是一個燒炭的熨斗，一個白顏色的熨斗還是一個黑顏色的熨斗。當我去買一個熨斗的時候，我只知道，我需要一個熨斗熨衣服。

我看見福克納《喧聲與憤怒》裏的昆丁去買熨斗，他一共買了兩個熨斗，用紙一包，人們會誤以為那是一雙皮鞋。昆丁說：我以前還不知道熨斗是論磅買的呢。在五金店裏，伙計對他說：這些是十磅重的。它們顯得大了些，所以，昆丁買了兩個六磅重的小熨斗，拿在一起也是夠沉重的。

閱讀《喧聲與憤怒》之前，我也不知道熨斗是論磅買的。如果今天我到電器用品部去買熨斗，有人會告訴我不同的熨斗有不同的磅數嗎？還是，這一些是多少多少克，那一些是多少多少公斤？昆丁買了熨斗，並不是為了要熨衣服，而是為了自殺，投河自盡選擇了擁抱熨斗而不是擁抱石頭，這也是我第一次知道的。

抵達河邊的時候，昆丁把熨斗藏在橋底下。橋的影子，橋欄杆的影子以及昆丁的影子都躺在河面上。一個人能把影子接到水裏去嗎？昆丁想起黑人都說的話：一個溺死的人的影子是永遠呆在水裏守望着死者的。再過不了多少時候，是午夜之後吧，昆丁就會在河底裏了，將來他的那身喃喃低語的骨骼，人們都不能在孤獨潔淨的沙堆裏分辨出來了。如果耶穌說：起來。只有扁平的鐵熨斗才會浮起來，昆丁想。

很好的兩個新熨斗，如果能夠熨平昆丁面前崎嶇的路途，和昆丁感情上的波折，就好了。可惜熨斗沒有這個能力。昆丁對凱蒂說，她喜歡的人是個流氓，既是吹牛大王又是騙子，打牌要花招，考試作弊被開除學籍。但凱蒂說：是嗎？那又有甚麼關係，我反正又不跟他打牌。

唉唉，對於一些執着的人來說，愛情並不是一件可以熨挺的衣裳。

二、玫瑰

我把福克納的〈獻給艾米莉的玫瑰〉又看了一遍，故事我當然是記得的：艾米莉把她的情人的屍體藏在家裏，一直到她自己逝世，才被其他人發現。她的情人就在她的床上躺了四十年，殘存的睡衣下，他的腐爛的殘屍已經無法從他躺着的床上移開。

我再看一遍這個奇異的愛情故事，不是想去知道到底艾米莉置了砒霜，是不是把她的情人毒死了，我只是想找找，小說裏有沒有出現過任何一朵玫瑰。我結果沒有找到玫瑰。我只找到兩個和玫瑰有關的字，是在那座頂樓上，足足有四十年沒人覷過一眼的房間裏，破門的猛勁震得整個房間都瀰漫着灰塵。灰塵覆罩在褪色的玫瑰色窗幔和玫瑰色燈罩上。

四十年後，人們仍看見玫瑰的顏色，雖然是褪得很淡很淡了。對於艾米莉來說，她家裏並沒有人去世，譬如那次，她大概是三十二歲吧，父親逝世了，按照習俗，所有小城的女士都準備前去探訪，表示慰唁並幫些忙，但艾米莉小姐在大門口迎住了她們，裝束如常，臉上沒有一絲憂傷，她告訴她們父親沒死，一連三天她都這樣。雖然，結果人們還是把她的父親下葬了。對於艾米莉來説，死亡是不存在的，存在的是感情；時間也是不存在的，存在的是永恆。艾米莉舉行葬禮的那天，滿城的人都來看她，她躺在買來的一大堆鮮花下，掛在棺槨上方的那張父親的粉筆畫肖像意味深長地沉思着。所以，誰説艾米莉的父親已經逝世了呢，艾米莉的臉上沒有一絲憂傷。

〈獻給艾米莉的玫瑰〉。誰把玫瑰獻給艾米莉了。並沒有任何人獻過玫瑰給艾米莉，玫瑰是艾米莉自己獻給自己的吧。數十年來，她戰勝時間與空間的束縛，為自己贏得一朵玫瑰作為紀念，她自己遂成為傑佛遜鎮一朵奇特的玫瑰了。莎士比亞《羅密歐與朱麗葉》裏有玫瑰的典故：玫瑰即使用任何名字來稱呼，仍同樣芳香。

一九八三年

巴爾加斯·略薩：套盒、戰爭

一、中國套盒

對於巴爾加斯·略薩的作品，有些人認為他的結構是中國套盒式的。中國套盒是怎樣的一種盒子呢？那大概是指：一個大的盒子，打開來，裏面是一個小一點的盒子；再打開這第二個盒子，裏面又有一個再小一點的盒子。中國套盒就是一個盒子套着一個盒子。這麼說，巴爾加斯·略薩的小說結構就是：一個大的故事，包容了另一個故事，故事裏又有一個故事，一層又一層，密密重裹。順便再提一下：略薩是母姓，巴爾加斯是父姓。拉丁美洲的姓氏，是父母並稱，倘要單姓，就是巴爾加斯，因為母姓，會一代一代變化。外國人稱這位作家，無一例外，是巴爾加斯·略薩。只有華文，才堅持稱他略薩。

我覺得他的小說結構不是中國套盒式的，撇開他的短篇小說集《幼獸》不說（他的《城市與狗》是早期作品，還沒有甚麼「結構」可說），他的《青樓》、《教堂咖啡室裏的對談》、《潘托哈與特種任務》，以及《胡利亞姨母與劇作家》，都不是中國套盒式的，並不是一個大故事裏儲藏另外的一個小故事，小故事裏又另有一個故事，他的四個重要的長篇用的，不錯，是結構鮮明的形式，常常出現四、五處不同的場景，像一條條支流，匯向大河流。不過，作者的處理方法，用的只是平行蒙太奇的手法，就像一條寬闊的馬路上六線行車，不但場景如此，對話也一樣。所以，讀那些小說時，章、節的梳理並不太難，不過是四、五處不同的地點和人物罷了，但對話讀起來較費心思，因為每一句對話可能都是和遙遠的一句才能連接呼應。而這，和套盒也拉不上關係。

在章節的結構上，我覺得巴爾加斯·略薩的小說像中國藥櫃，一個巨大的櫃子，鑲嵌了無數的小抽屜，某一個抽屜忽然打開了，西面的一個抽屜接着打開，或者是上格的抽屜打開了，接着卻是櫃底的一個抽屜打開來。抽屜們相隔好遠，抽屜裏裝的都是可以配選、混拌的藥材。良藥，或者苦口。巴爾加斯·略薩的中譯，市面上現在有《城市與狗》與《青樓》。《外國文藝》刊過《胡利亞姨母與劇作家》的單數章節中譯，沒有刊登九個獨立的故事。真要認識巴爾加斯．略薩的話，得讀他的代表作《教堂咖啡室裏的對談》。

二、世界末日之戰

《外國文學》四月號刊登了巴爾加斯．略薩一九八一年的新作《世界末日之戰》三節中譯，雖然是三節，因為還沒有見過這本書的英譯本，所以很驚喜，立刻讀了一遍。這是一個以十九世紀末巴西革命做背景的小說，評論家認為是作者最佳的作品，而且說，「結構完整，情節曲折，將魔幻與歷史結合在一起」。

小說一共有四章，刊登的是第三章最後三節，只有三節，所以看不出情節如何曲折，也沒有魔幻的場面；有的，是巴爾加斯．略薩慣用的平行蒙太奇剪接手法。譬如其中一節寫一個大近視的記者參與了戰事，在政府軍這一邊目擊戰爭的進行，如何失敗。接着的一節則寫女子胡萊瑪是個平民，遭受到戰亂的洗禮，丈夫死亡了，她則在槍聲炮火中逃難，又飢又渴，像牛隻一般咀嚼青草。另外的一節寫村落中的收容所，擠滿了難民和受了傷的人。政府軍節節敗退，散兵到處流離，村落的每一幢房子都是一個戰場。從三個片段的章節來看，得到的印象是：這是一個動態的小說。動感，一直是巴爾加斯．略薩的特色。他的小說裏比較少意識流的敘述，也沒有長篇幅的獨白和沉思。他的小說，總是節奏明快，充滿活力，豐富多采，熱情激蕩。《世界末日之戰》中的人物有革命份子的精神領袖，及其主要的追隨者，他們利用宣傳原始基督教教義的手段聯絡四方飢民、流浪漢、逃犯，發動戰事，結果，他們失敗了。小說着重敘述主要人物的身世、各階層群眾的處境、戰事的過程，以及失敗的始末。宣傳原始宗教的教義人物，我們在《潘托哈及特種任務》中見過；逃犯和飢民、流浪漢這些人物，我們也在《青樓》中遇到過；至於軍人，我們就更加熟悉了，《城市與狗》就是寫少年警校的黑幕。

巴爾加斯．略薩以往的小說，寫的都是秘魯的生活，這次，他忽然轉寫巴西的革命，這大概由於作者雖是秘魯人，同是也是地球人吧。異域的戰亂，難道不會是自己國家的寫照嗎？歷史事件的整理重現，難道就沒有隱喻嗎？

地域風貌

讀安妮·普露（Annie Proulx, 1935- ）的懷俄明小説（*Close Range: Brokeback Mountain and Other Stories*），她的確把那地方的風貌、居民生活，寫得很出色，不但視野空闊、粗獷，還充滿聲音。其中〈斷背山〉（"Brokeback Mountain", 1998）收結時兩件空懸的襯衫，盡在不言中，令人哀傷：

恩尼斯的格子襯衫，以前一直以為洗濯時弄丟了，如今口袋破裂，紐扣丟失，沾了泥土；傑克把它偷來，收藏在自己的襯衫內，襯衫儼如兩層皮膚，一層包裹另一層，合成一體。他的頭臉壓着布料，徐徐吸氣，希望嗅到些微煙味、鼠尾草味，以及傑克的體臭，鹹而帶甜的味道。然而，並沒有，唯有記憶中的，想像的斷背山的力量。

小說的張力可比霍桑的《紅字》。李安改編的電影，要是外間多一場大風大雪，兩三鏡頭吧，無疑會更添壓迫感。〈身居地獄但求杯水〉（"People in Hell Just Want a Drink of Water"），同樣寫得好，用圖窮匕現的筆法，震人心弦。

讀安妮．普露，我就想起李銳，他寫的是黃土地。以為內地作家寫農村故事，總是一個樣子，不是的。李銳新寫的「農具系列」，題材都是新農村的面目。我喜歡〈耕牛〉，見《印刻》第二十七期，使我憂慮新界的養鴿人家。李銳寫瘋牛症，我們面對的是禽流感。李銳是我讀到的內地其中一位最好的小說家。

《霍亂時期的愛情》

一、快樂

朋友寄來一本書，是加西亞．馬爾克斯的新作，卻是西班牙文原著，沒有能力閱讀，只好等待中譯或英譯的版本了。不過，在十一月號的《外國文學》上，看見一篇訪問記，八六年一月六日登載在西班牙《國家報》上，已譯了出來，訪問者是弗朗切斯克．阿羅約。讀後，知道了一些新作品的內容，對作者也加深了認識。

這是哥倫比亞作家自得諾貝爾文學獎後所寫的第一部長篇小說，名為《霍亂時期的愛情》。早些日子已經有斷斷續續的消息，說內容是寫一對老年人的愛情故事，而且是以快樂為結局的，所以寫快樂，是因為快樂是如今不風行的感情。

又有資料報道，作家如今自稱寫作不容易，以前可以一口氣寫許多字，現在只能每天寫數百，進展緩慢，力不從心，常常失眠，年紀漸漸老了。是老的緣故，作者想到了老年、愛情和死亡的問題，而這，也就是新小說環繞的中心。

小說仍以哥倫比亞加勒比海沿岸地區為背景，時間則是十九世紀中至二十世紀初。作品帶有濃厚自傳形式，作家說，小說的時間大約貫穿八十年，結尾的年代，正是他誕生的時候。敘事者記述故事的時間是「今天」，作品中的時間是「以前」，書中從沒有交待那個城市的名字，只說「這兒」；涉及社會問題時，也只說「我們的政體」、「我們的法律」、「我們的習慣」，有意寫得模模糊糊，但讀者可以看出作者雖非親身經歷，對所寫的事非常熟悉。

起初兩章，十九世紀的氣氛濃厚，作者把它寫成浪漫主義的章節，後來故事進入二十世紀，小說的結構也從直線式變為跳躍式，手法才變了。

作家的作品一直和孤獨有關，這次是愛情最終戰勝了孤獨，八十歲的老人，最後團聚了。兩個孤獨了一輩子的人到年邁時才聚到一起，以快樂的結局終場。

二、快樂的結果

說到快樂的結局，倒想起一篇小說來了，是意大利喬凡尼·賽拉蒂（Gianni Celati）寫的〈講故事的人對快樂結局的想法〉（"Thoughts of a Storyteller on a Happy Ending"）。

有位藥劑師，把兒子送到外國去讀書。父親離世後，兒子回家鄉來打理藥房的業務。鄉下地方，小小的事情不久就街知巷聞，傳說這位外國留學回來的青年懂得十二種語言，家裏有一個巨大的圖書館，正着手把《神曲》譯做德文。

當地的乳酪廠老闆一聽到消息，就決定聘請這麼有學問的人來當自己女兒的補習教師。她在學校裏的成績差極了，只喜歡運動，不喜歡書本、拉丁文和優美的意大利散文。年青藥劑師當上了補習老師，不是為錢，而是覺得助人求學向上是一件值得做的事。整個夏天，就去給女學生補習。

巧得很，女學生愛上了老師，把一切運動都拋到腦後，開始寫詩，並且，寫信。學校裏的修女在冬日的一天，捧了一盒子女學生的情書交到她父親面前，乳酪廠老闆對情書的內容極度不滿，決定要毀掉藥劑師的前途，並且把他趕出村子。

女學生的哥哥們打了青年一頓，又去搗亂了藥房。青年人倒一點也不介意，繼續在破店鋪裏給人看病，直到有一天，他關上鋪子，退隱到自己的圖書室裏，從此，幾乎再也沒有離開過房子。村子裏的人都知道他在用功，因為偶然可以看見他到郵局去提取寄到的新書。

不久，他進過醫院，又入過療養院許多年，沒有人知道他怎樣了；只知他老了，瘦得像草耙，不肯吃東西，埋在書堆中。他已經不認識任何人了，甚至是乳酪廠老闆的女兒，但他和每個人微笑打招呼，甚至脫帽對狗致意。

這些年來，他所做的工作，是把所有的文學作品，凡是悲劇收場的，都改寫成快樂的結局。最後改的，是《包法利夫人》的第八章，愛瑪回到丈夫身邊，團圓結局。

三、名字

加西亞．馬爾克斯在訪問記裏讓我們知道了一些有趣的事情，譬如名字。原來哥倫比亞地方的人會給孩子起些奇奇怪怪的名字，有一個地區，竟用物體的名字來喚自己的小孩。因此，孩子居然叫做「道格拉斯四引擎飛機」。當地常見的名字還有「庇護五世」。

《霍亂時期的愛情》中也有這樣的名字，一個叫利奧十二，一個就叫庇護五世。作家起了兩個這樣的名字，是從一位朋友那裏受到啟發。這位朋友兄弟姐妹很多，父親給他們起的名字都十分古怪，教皇的名稱和教皇並無關連，原來是古羅馬競技場幾頭吃人獅子的名字。

作家說，給人物找名字煞費心思，如果找不到一個理想的名字，不知筆下這人究竟叫甚麼，這人就無法起步，不會說話、不會走路、不會活動、不願存在。所以，得先把名字想好。有時候，一個人物改了五六次名字才確定下來，有時候則相反，書還沒寫，已經知道主角該叫甚麼名字了。

有些名字有意義，有些則無。弗洛倫蒂諾·阿里薩，這個名字，書還沒寫，名字就有了，十足的浪漫主義者的名字，而且是個拉丁美洲浪漫主義者，比起別的浪漫主義者，感情更加強烈。至於費爾米娜這個名字，卻和她的辮子有關。

墨西哥小說家胡安·魯爾福（Juan Rulfo, 1917-1986）是怎樣找尋名字的呢？原來他到墓碑上去找。這倒是一個方法，因為那上面的確充滿了名字，而且都是活生生、富地域性，也最真實。

人物的名字不易想出來，書名也不例外。作家由於讀了福樓拜的《情感教育》（*L'Education sentimentale, histoire d'un jeune homme*），得了啟發，要給自己的小說起一個不像小說而像專著的名字（因為《情感教育》的書名不像小說，像專著）。突然有一天，完整的書名出現了，就是《霍亂時期的愛情》。這書名，就像一個成熟的果子落到作家的頭上。

四、父親

在加西亞．馬爾克斯的小說中，我們常常可以看見作家祖父的影子——一位年老的上校，我們卻很少知道作家父親的樣子。如今，在《霍亂時期的愛情》中，作家父親的形象出現了，他就是那個叫做弗洛倫蒂諾．阿里薩的男子，是位小提琴手，又是電報員，心愛的姑娘遠行之後，通過各地電報員組成的通訊網，和她保持聯繫。

寫《霍亂時期的愛情》時，作家一直思索父母親的婚姻。作家的父親的確是一位電報員，他和一名女子相戀，卻遭受家庭的反對，被逼遠離家門，每到一處地方，他就通過當地的電報通訊，跟她聯繫。所以，作家從小住在祖父的巨大屋子裏，和祖父母一起生活，而不是父親和母親。

作家的父親過了許多年，才踏進古老的大屋子，那時，作家自己也已經三十三歲。這天正是歸來的人的生日，有人說：你如今剛好和基督的年齡相同。所以記得很清楚。

老人一直活到八十多歲。有一次曾對朋友幽默地說，兒子自以為是沒有公雞在旁生下來的小雞。語中帶點輕微的責備，因為兒子一直提起自己的母親而沒有講到他。事實上，作家對他所知不多，一直和祖父母一起生活，彷彿祖父母就是父母，後來再見到自己的父親，卻發現父親和祖父並不一樣。非但不一樣，而且剛好相反，包括了個性、對世界的看法、與孩子生活的方式。起初，作家的確覺得不容易與父親相處。

現在，作家自己也有了孩子，也當上父親了。他說，他是在有了孩子以後才意識到生命的重要，才明白甚麼是對生命最大的威脅。作家一直怕乘飛機，有了孩子，更加害怕。子女是「報警」的信號，父母的離世也是一樣。這都表示一個人漸漸年老。

愛情、老年和死亡，是《霍亂時期的愛情》的主題。作家說，對他來說，重要的不是小說本身，而是這些問題，這些年來他每天八小時思考着。

五、父親的故事

說起父親，又想起胡安．魯爾福一個關於父親的故事來了。那是魯爾福寫的〈你真的沒有聽到狗叫〉。短短二千字吧，寫得真好。

那是月夜，荒郊崎嶇不平的小路上，有一個人揹着兒子，翻過山嶺，到鄰村去求醫。路很遠，走了很久，父親總是叫兒子看看到了沒有，因為兒子的頭在父親肩上，看得比較遠，耳朵大概也比父親好，能聽見狗吠。只要聽見狗吠，就知道村子近了。可兒子看不見村子的燈光，也聽不見狗吠聲。

故事就這麼簡單，不過是慈愛的父親揹了兒子去看醫生。不過，從兩個人的對白中，漸漸透露的卻是令人驚訝的事情。父親揹的兒子，不是一個小孩子，而是一個成長了的青年。既然兒子已經長大成人，父親的年齡也不輕了。揹着那麼重的一個人，翻山越嶺，走那麼多的路，並不容易。

父親揹着的兒子，是不肖的兒子，長大之後已經離家出走，到處遊蕩、偷盜、殺人，殺的又都是好人，連替他洗禮的長輩也不幸撞在他的刀口上。像這樣的一個人，父親已經不認他做兒子了，可是這次，父親在路上看見他，和同伴毆鬥，給打傷了，還是決定揹了他去求醫。父親說：我之所以這樣做，不是為了你，而是為了你死去的母親。

青年的母親是在誕生第二個孩子時去世的。生一個孩子，是性命攸關的事，但生下來養大的，卻是一個不肖子。青年的父母彼此相愛，父親是看在妻子的分上，仍把兒子揹去求醫，明知兒子一旦傷好了，又會去幹壞事。但父親說：那就與他無關了。此刻，為了妻子的緣故，他仍救他。

兒子極重，他不能把他放下，因為再也沒人幫他把兒子揹起來。兒子的淚水落在父親的髮上，人在父親肩上昏迷了。父親最後終於抵達村子，他說：就連讓你幫助我聽聽有沒有狗叫的希望都落空了。

一九八七年二月九日

馬格列特

一、不是蘋果

馬格列特（René Magritte, 1898-1967）有一幅畫，叫做《這不是蘋果》。畫裏面甚麼也沒有畫，只畫了一個大大的蘋果，上面有一行字簡單地寫着：這不是蘋果。看畫的人或者又要奇怪了，畫裏不是明明畫了一個蘋果嗎？為甚麼説這不是一個蘋果呢？

馬格列特的畫一直不打算畫來給人看，他的畫，是畫來給人思想的。那麼，對這個《這不是蘋果》的畫該怎麼看？其實，畫者要看畫人思考的是「真」與「非真」的問題。畫裏面的蘋果不是一個真的蘋果，不是可以吃、可以握在手中、充滿芬芳的真正的蘋果，而是畫者筆下繪出來的蘋果，這蘋果，是假象。把手伸到畫面上，不過只觸及畫布（如果是原作），或紙張（如果是印刷品）。

看過馬格列特的畫作的人，一定熟悉他的一組《窗口風景》畫。畫中呈現的是一個畫架，放在敞開的窗子前面，畫架上的畫布，畫的是窗外的風景，而這窗外的風景，和畫布上的風景，根本是相同的，彷彿畫架上擱的不是畫布，而是一塊玻璃。

文藝復興時代的繪畫，非常注重透視學，馬格列特故意和透視學開玩笑，把遠景和近景合而為一。於是，站在畫架前，室內的觀者，就會提出一個問題：這兩者，到底哪一個真，哪一個假？哪一個是現實，哪一個，不是現實？

當然，一般人會說，窗前畫架上的畫假，窗外的景物才是真的。於是，我們又落進馬格列特所設的陷阱了，因為，不管是窗前畫架上的畫，還是窗外的風景，都不是真的風景，不過是畫者所畫的畫罷了。這些，都不是蘋果。

從《這不是蘋果》，當然，我們不免要想起莊子來，到底一個人生活在世界上，是人在做夢時夢見自己是一隻蝴蝶，還是一隻蝴蝶在做夢時夢見自己是一個人。

所以，我們就不會奇怪馬格列特畫了一個鐘，在底下寫着：風。或者，畫了一匹馬，寫的卻是：門。事實上，畫裏的鐘不過是顏色和線條，風這個字，又不外是文字的形狀，鐘或風，馬或門，都是假象。

二、魚與雪茄

一幅畫，裏面有一條魚。不過，畫裏的其實不是一條魚，而是半條魚，至於另外的一半，卻是半截雪茄。半截雪茄已經點燃了，還冒出煙來。這樣的一幅畫，馬格列特要對我們說些甚麼，原來他想告訴我們的是對比。

魚和雪茄，看來似乎並無相類之處，如何以此物比另一物呢。可是從魚泳於水、雪茄冒煙，我們就可以想像，畫者提供了水和火的對立面來讓我們思索。當然，從形狀上來觀看，魚和雪茄都是長橄欖形，比例相近。

魚是水中的生物，離開了水，魚不能生存。遇上了火，魚就會被煮熟了。而雪茄，雪茄必須經過點燃才完成它的功能，一旦遇上了水，煙火被熄滅，雪茄也就失去了意義。水火本不相容，但馬格列特把它們連結在一起。或者，在兩件物體之間，火對它們尚有同一的作用，魚與雪茄都和「煙」有關：雪茄可以拿來抽「煙」，而魚，可被火燻成「煙」魚。

用同樣的題材，馬格列特又畫過另外一條魚，這次，他畫的是一條人魚。魚的半截仍是魚頭和魚身，魚的尾巴則變為人的雙腳。這條大魚躺在海邊的沙灘上，躺着的位置剛好一半是海水、一半是沙地。這幅畫，可不是要表現水火的對立了，而是海洋和陸地。魚是海裏的生物，上了岸，並沒有可以行走的腳；而人，是陸地上的生物，到了海裏，卻沒有魚的鰓。

馬格列特的畫，首先令人驚異，然後讓人思想。他曾經說過：繪畫的功能，是要把詩顯現。所以，在他的畫中，他所採用的隱喻和轉喻，本來都是文學上的修辭法，但他卻把它們轉化在畫布上。

用文字來寫聲音，我們可以說「鼓鐘喈喈」、「關關雎鳩」，喈喈、關關都是聲音。在畫布上，聲音如何表現呢？馬格列特有一幅畫，背景是天空，除了浮雲，還有飄浮的許多鈴。為甚麼鈴會浮在天空，我想，這可能就是他用鈴來表示聲音，表示天空有風。馬格列特不是一個描寫風就畫樹枝搖曳、黃葉飛舞的畫者。他的畫，讓我們重新思考我們所看到所認知的現實。

三、蛋與鳥籠

有一天晚上，馬格列特忽然從熟睡中醒來。在他的家中，本來有一個鳥籠，籠中有一隻小鳥。可是，他醒來之後，模模糊糊的，竟看錯了。他看見鳥籠中的並不是一隻小鳥，而是一個蛋。

鳥籠中本來應該有一隻鳥，忽然變了是一個蛋，蛋和鳥籠，兩件看來不相干的事物聚在一起，使畫產生了奇異的、陌生化的感覺。是的，馬格列特以前也有類似的想法，可是印象不如這一次深刻。由於蛋和鳥籠這件事，他似乎明白過來，兩件完全不相干的事物，是可以並排放在一起的。

當你看見一隻鞋，你會聯想起甚麼呢？看見了鞋，大概會聯想起穿鞋的腳吧，可是，為甚麼不聯想起一條魚呢？如果有一位畫者，畫了一隻鞋子，穿鞋子的不是腳，而是一條魚，你會覺得奇怪、難以解釋嗎？

當你看見一幅畫，畫的是一條魚，可是這條魚，是一條奇怪的魚，魚的一半是魚頭和魚身，而魚的尾巴，卻是一支雪茄，而且，雪茄還是點燃了的，正在冒煙，對於這樣的一幅畫，你會採甚麼態度？皺皺眉頭說：看不懂。還是，蠻有信心地說：這不外是一種超現實主義的手法？

不錯，比利時畫家雷奈．馬格列特是超現實主義的份子，可是，除了外貌上的超現實風格，他還有更堅實的特質。當他畫一塊浮在半空中的石頭，或畫一個酒瓶，但半個酒瓶變了紅蘿蔔，他這樣畫，並不是為了遊戲。

自從《蛋與鳥籠》事件之後，馬氏不斷實驗把兩件出人意表的事物連結在一起。他這樣做，也並非為了闡釋法國詩人波特萊爾的「荒謬的邏輯」。他的看似荒謬的物體組合，也有邏輯可循。

蛋和鳥籠表面上看是兩件物體，其實，這中間還有一件隱蔽的事物：鳥。鳥雖然沒有出現，只是物體本身不存在，意思卻已經出現了。由於鳥和蛋都有生命，那麼，鳥在籠內或蛋在籠內有何區別？它們都是被囚困的生命。何況，蛋的裏面，還孕育着生命，鳥在籠中被籠包容，鳥在蛋內同樣被蛋包容。

四、黑格爾的假日

《黑格爾的假日》，是一幅畫的名字。這幅畫，無論畫題和內容，都叫人看得莫名其妙。不過，如果知道了馬格列特《蛋與鳥籠》的故事，就不會覺得奇怪，而且，還可以從這幅畫探索到畫者的意思。

這幅畫畫的是甚麼呢？原來畫的是一把雨傘和一杯水。一個透明的玻璃杯，裏面有大半杯水，這杯水，是放在一把張開了的傘頂上。

這幅畫，我們又可以想到些甚麼？為甚麼不見下雨，卻張開了一把傘，一個玻璃杯又無緣無故安放在傘頂上？原來這兩件「看似毫不相干的物體」之間，有一個媒介存在，兩件物體都有關這第三者：水。

先說杯子，玻璃杯是一件容器，當我們拿一個杯子去盛水，我們是想把水留住。從前的人沒有杯子，只好用手合在一起掬水喝，但水會漏走，所以才漸漸發明杯子。杯子，是用來盛水、保留水的；而傘呢，傘剛好相反，傘則千方百計要把水排斥在外，傘對於水是採取拒絕和阻擋的態度，於是，畫中兩件物體的對比意義顯示出來了，一個是容納，一個是排斥。

那麼，為甚麼這樣的一幅畫卻用了《黑格爾的假日》作為畫題？馬格列特顯然是一個喜歡思想的人，他終日就在思考物體之間的相似、相反，以及彼此之間的荒謬性、邏輯性，當他發現雨傘和水杯，竟有如此對立的功能，於是想到了黑格爾。

哲學家黑格爾當然也是一個喜歡思想的人，尤其喜歡鑽研那些物體之間微妙關係的問題，於是，馬格列特認為，這雨傘和水杯之間的問題，也許黑格爾會感到興趣；這，當然是黑格爾在假日時才有興趣，或時間許可，偶然會想想的問題，彷彿空閒時把玩的哲學問題。因此，畫的名字就叫做《黑格爾的假日》。

黑格爾老年時對於繁星滿天的夜空感到沉悶，馬格列特認為的確如此，但，馬格列特以為，夜空的形象要是能牽引到其他，就能刺激思想，從滿天的星星想到更遠更複雜的問題上去。

五、四月驟雨

從《黑格爾的假日》，或者，我們會想到人類的行為的荒謬，水杯和雨傘都是人發明的，為了把水倒進自己的身體，人們發明了杯子，可是，卻又發明了傘，叫水不要碰到自己的身體。

人們撐傘，為了排斥雨水。雨水可不可以撐了傘排斥人呢？馬格列特沒有畫過雨水撐傘的畫，不過，他畫過一幅畫，人都變了雨點。他沒有把人畫成雨點，他畫的是：人就是雨點。只見整幅畫，到處是一個一個戴着圓頂帽子，身穿長外衣、西裝褲、皮鞋、打領帶的男人，從天上下雨一般降到地面上來。人人手中還握着公事包。

平日，穿着這樣衣服的人，會令我們想起倫敦街頭的紳士，那些人，隨身一定還帶備一把傘，這是他們上班的模樣。但在馬格列特的畫中，這些人沒有一個帶着一把傘。為甚麼要帶雨傘呢，他們自己已經就是雨點了，難道自己撐開一把傘來拒絕自己、排斥自己？

天上落下來一群雨點人，恍若四月的驟雨，這幅畫第一個意思當然是「雨點不撐傘」，「雨點不拒斥雨點」。另外一個意思，可以這樣說：雨點都是類似的。所有的雨點，在這個巨大的宇宙中，沒有名字，沒有級別。在馬格列特的畫中，從天上落下來的戴帽男子，每一個都一模一樣，只不過站的方向不同，有的向左，有的向右，他們的衣服、容貌、姿態、高矮肥瘦和年齡性別，完全一樣，這，和真正的雨點有甚麼分別？在人海之中，個人也不外是一點小小的水滴。

馬格列特有一個弟弟名叫保羅，喜歡作曲，寫一些奇幻的思想，對他的兄長頗有啟發。他曾經這樣寫過：如果雨水能常常打濕人們，而人們卻沒法打濕雨水，或者令雨水感到不舒服，這就是雨比人超越的地方。如果發明一種膠水，可以把水黏在一起，或者，我們就可以叫雨感到麻煩了。唉，人類是不幸的軟體蟲。我們只好認輸，由得槌子釘釘子。雨統治我們，並且鏽蝕帝王的王冠。馬格列特畫中的雨點都變了人。也許，是群眾，能鏽蝕帝王的王冠。

六、時間凝定

馬格列特最為人熟知的一幅畫，叫做《時間凝定》。畫中有一座壁爐，有一輛火車從壁爐中開出來，火車頭的煙囪冒出白煙。壁爐架上有一個時鐘。

這幅畫叫人弄不明白的是為甚麼壁爐中會有一輛火車駛出來。這就是《蛋與鳥籠》事件的結果了。這又是馬格列特慣常的做法，把兩件看來毫不相干的事物連結在一起。

但馬格列特的畫，從表面上看來，充滿了物體荒謬的組合，卻不是胡亂湊在一起的。他是運用一種文學的修辭法來繪畫，所以，說得準確一點，馬格列特不是畫者，而是用畫面來表達思想的詩人。你看他在繪畫，他實在是在寫詩。

他用了甚麼文學上的修辭法來繪畫？他用的是「比」。舉例來說，荇菜和淑女、黃鳥和父母，看來毫不相干的吧，可是，在《詩經》裏，詩人寫「參差荇菜」喻「窈窕淑女」，這是比。詩人寫「黃鳥于飛，集于灌木」喻「言告言歸」、「歸寧父母」，也是比。

馬格列特《時間凝定》中出現火車，是比。比喻甚麼呢？火車比喻的是火。壁爐中本來應該有火，火會冒煙，但馬格列特不畫火，畫冒煙的火車，用火車比喻爐火，畫者用的是轉喻。如果把這景象變為詩句，就成為：列車隆隆，爐火熊熊。而壁爐和火車頭都是黑色，也類近。

炭火在壁爐中才會熊熊地焚燒，「壁爐中」是炭火焚燒冒煙的位置，因此，畫者就把火車頭出現的位置適當地安放在「壁爐中」。他的意思是指：只有在這特定的時間，火車頭剛好駛至此處，才可以代替炭火的位置。如果火車繼續行駛，出了壁爐，或者火車尚未抵達，都不能代替炭火的位置。這就是為甚麼畫的名字要叫做《時間凝定》。壁爐上的鐘，也暗示時間的靜止。畫者一如攝影師，選擇了固定的一剎那來定鏡。

從馬格列特如何選擇他畫中的物體來看，可以知道他的畫很重文學性，他不像別的畫家，注重寫生，調整明暗，排列色彩。他重視思想，畫的是思想。

七、樹林漫步

馬格列特的畫中有很多對比：水與火，海洋與陸地，容納與拒絕，等等。他最喜歡的對比題材還有「內」與「外」。他曾經畫過一頭巨大的振翅飛鳥，這鳥是一個剪影，鳥的身體上畫了一片藍天和潔白的浮雲。本來，鳥是在天空中飛翔的，如今，卻是藍天浮雲都在鳥的體內了。同樣的題材，他還畫過人和樹林。一個巨大的人的剪影，影中是一片郊外景色，漠漠鬱林與一彎新月。依照邏輯，雖然應該是人在黃昏的樹林中漫步，可是，在馬格列特的畫中，樹林在人的體內。當一個人在林中散步，有時難道不覺得是樹，一株一株地在身邊走過？

無邊無際的天空，垂下巨大的粉紅色幃幔。藍天與白雲，竟是一個房間裏的牆紙。水果，要放在桌面上的畫架框內。打開門，看見一個巨大的燭台，蠟燭的頂端剛好是戶外夜空的蛾眉月。麵包像一朵雲，浮在天空。樓梯的盡處只是一幅牆。這些都是馬格列特畫中的景物。如果我們仔細思索，當可得到畫者的訊息。

意大利的比薩斜塔，愈來愈傾斜了。各地的科學家無不思考，想盡方法要挽救它。有甚麼方法可以不讓比薩斜塔倒下來嗎？馬格列特有一幅長卷畫，裏面畫了比薩斜塔，在塔的一邊，卻畫了一件物體，靠在塔身上，這物體，原來是一條羽毛。羽毛能支撐斜塔嗎？斜塔和羽毛之間又有些甚麼隱喻和轉喻？還是留待大家去思考吧。

也許，馬格列特有辦法使斜塔不倒，可惜他已經不在人世了。關於羽毛和斜塔，只好慢慢推敲了。或者，馬格列特要說的不外又是一個對比：羽毛是輕柔的，斜塔是堅硬的。斜塔的趨勢是傾倒，羽毛的姿態則顯示起飛。

蘇茜．葛碧蓮曾花了八個月的時間住在馬格列特的布魯塞爾家中，然後寫下有關這位畫者的世界。最近，在一九八〇年夏季號的《當代文學》上看到一個「美術與文學專輯」，有一篇朗達杜尼克的文章〈顯現的詩：雷奈．馬格列特繪畫中的隱喻和轉喻〉。我把文章和畫對看了，寫下這些。有一天，我也會到布魯塞爾去看看。

一九八一年四月一日至七日

一場超現實的持久戰

讀 Joyce Wadler 這本書 *My Breast: One Woman's Cancer Story*，我見到六個刺點：

一、倒垃圾一樣

「這一切真是超現實，你搭計程車到醫院去，他們替你割除腫瘤，然後再搭計程車回家。好像開車出門倒垃圾一樣。」我想，每個人都不該害怕醫院，身體有病，長了甚麼腫瘤，得及早清除，就當倒垃圾好了。垃圾愈早發現、愈早倒掉愈好，否則，自己就整個人變成垃圾了。

二、知更鳥蛋的大小

「局部麻醉後，醫師隨即為我取出腫瘤。手術完畢，我要求醫護人員讓我看一眼這腫瘤的模樣——約莫一個知更鳥蛋的大小。」腫瘤長得這麼大，怎麼一直沒有發現？一般的腫瘤，豆子般大小，已經可以觸摸到，應該每年做X光攝影和超音波檢查才好。

三、非常「科幻」

「這種治療法真是非常『科幻』。」那是放射線治療法。美國的治法，有兩個小時的模擬演練：有的醫院在人體上做刺青的記號；在切片的傷口，以不鏽鋼夾做記號。這都和香港不同。相同的是：整個過程，病人好像科幻電影的演員。有的科幻電影拍攝科學家製造人模，目的是分割它們的器官，作為人類的替補物。其實很恐怖。

四、咖啡因乳房

「你有一對咖啡因乳房。一天一杯的確也會影響，完全放棄咖啡因吧。」許多醫生都認為低脂食物有助於防治乳癌，那麼，咖啡、茶，或者巧克力對患有乳房囊腫的女子都要完全禁止。

五、並非急症

「乳癌並非急症，你可多聽取各方面的意見。」書中的「後語」有醫師蘇珊·勒芙的文章，她說得好：乳癌並非急症。所以，懷疑長了腫瘤，先聽取各方面的意見，關於外科手術、化學治療、X光攝影，以及病理報告等，仔細比較，深思熟慮後再下決定。不急，可也不能慢。

六、戰場上的勳章

「我左乳上的疤痕，更是讓我引以為傲。這是我在這場戰役得到的勳章。」得了病，該寧靜地接受治療，樂觀地生活。每個人的一生中都有許多戰場要上。至於作者在序言中說：「結果——我終於贏了！」未免太樂觀，不過是割地賠款之後，獲得苟安而已，希望一直和平安好而已。癌症只能控制，不會痊癒；病毒不會輸。這是一場持久戰，不可掉以輕心。讀者尤值得一讀「推薦跋」。

讀書女子

當藝術史家如羅斯金（John Ruskin, 1819-1900）或貢布里希為我們敘說康平（Robert Campin, ?-1444）這樣的作品時，他們會說這幅畫用的是三角形的構圖，地面格子磚的作用，是為了表現文藝復興的直線透視法；窗外的景色說明了風景已經入畫。布帛的褶紋畫法技巧純熟，色彩柔和，從背景中顯現。還有層次分明、細節詳盡等等。很好，這是美學的分析。看畫，看小說，也應該是這樣的。

早期的瑪利亞在畫中是知識份子，身邊總放着書本，手不釋卷。例如倫勃朗，聖母是一邊照看聖嬰，另一邊手捧書本；背後是小天使。十七世紀的彼得·德·格雷伯（Pieter de Grebber），更是一邊哺乳，一邊看書；她的背景是破舊的木板。

但是，我們知道，有些畫，背後有許多的故事。而那些書本，後來就消失了。她只專注嬰孩，以及教堂中，那巨大的萬能的主宰。嫁給木匠的瑪利亞何以披華

一邊哺乳、一邊看書的瑪利亞畫像

衣、住在華宅裏？女性主義的藝術論文，更加質疑為甚麼要畫當眾哺乳的母親。為甚麼美術作品中要畫那麼多裸體的婦女，以至強暴的場面。

貢布里希從來不從種族、女性的角度看畫。也許，我們是否需要更廣義的新藝術史？

一九九九年十二月二十五日

附錄

讀一些詩

西班牙詩王洛迦

喜愛現代詩的人都會數出英國的T．S．艾略特、美國的奧登、法國的梵樂希、西德的里爾克（Rainer Maria Rilke, 1875-1926）等為代表，而西班牙的代表詩人就是費得里科．卡西雅．洛迦（Federico García Lorca, 1898-1936）了。

洛迦是象徵派詩人，生於一八九八年六月五日於西班牙格蘭尼大附近。小時在阿米里亞地方讀書，後來進入格蘭尼大大學進修法律，又進入麥列大學修哲學。在麥列大學時，洛迦的詩名已經很盛，儘管那時，他還沒有出版過詩集，而他的詩卻受人朗誦、傳播。同時，在麥列大學中，洛迦結識了詩人底哥、畫家地列，以及不少當代的文藝界領導人物，因此，在文藝的環境與行列中，洛迦得以漸漸著名，並有高度的成就。

洛迦本身不僅是個詩人，還是個天才的鋼琴家、畫家、演員和戲劇家，除詩作外，他的劇作亦同樣著名。

詩作方面，洛迦喜愛惠特曼的詩，對西班牙詩人貢古拉（Luis de Góngora）推崇備至，貢古拉逝世三百周年，洛迦和朋友們舉辦一系列活動，畢卡索和達利等人都熱烈響應。但他受影響最深的還是十九世紀的法國象徵詩人馬拉美，但如果洛迦的詩純粹是倣效法國詩派的話，他的成就是不可能有今日之超卓的。在他的詩行裏，存在着一種特有的質素，洛迦就是憑着那質素和象徵的創造，成為近代西班牙的詩王。

西班牙，在目前世界各國中，仍然保留着完美語言談話的一個國家。在西班牙國境內，一個目不識丁的人卻會談吐高雅，一若受過高深教育的人，在外人看來，就有些奇怪。實際上，西班牙一向的傳統和習慣形成了她的藝術風氣：在西班牙，歌唱、誦詩、舞蹈是非常普遍的，幾乎人人都能歌唱、誦詩和舞蹈。而在郊外，流動的歌唱團等到處旅行表演，當地的村落都參與他們的盛會。他們傳誦詩、歌、曲、直到大家都熟稔為止。很平凡的人，沒有受過高等教育的也都有機會接受藝術的熏陶，自然地養成出口成文的習慣。所以，洛迦的詩，連詩集也沒有印過一頁，就在國內名重一時。

為了表達意義，聲音是非常重要的。西班牙人可以說都頗有演戲的天才。由於語言聲音之重要，洛迦從小就接受了聲的訓練，在言的時候，盡量把聲的傳達表現到最有力的地步。洛迦自五歲時就能用聲音幫助表達思想，及後更能用聲音表達思想。

洛迦把他祖國特有的聲與言，和諧、完美地配合，放入詩裏。這種情形，別的國家不是沒有，不過，少有一個詩人有洛迦的先天的優越和後天的努力。

象徵派的詩講求內在的聲，亦講求字面的音；洛迦的詩就是內在的聲和外在的音渾然融和在一起，因此，他的詩讀起來非常動聽。現代詩探求詩色、詩音、詩味、詩光等，結合了西班牙民謠：節奏優美，形式多樣。在現代的詩壇中，只有英國的戴倫．湯瑪士（Dylan Thomas, 1914-1953）可以與他並肩，他們取字之音，同時，最重要的，還從字的音來定字的意義。在這方面，洛迦的詩音是流水和草葉，湯瑪士的是雷鳴與閃電的。其次，象徵詩講求象徵和比喻，洛迦在詩中亦喜用比喻，但他的詩樸實而不深奧。

洛迦曾遊歷美國、加拿大與古巴等，西班牙內戰時被法西斯殺害，死時是一九三六年八月。死後，他的詩卻影響西班牙的詩壇，詩人群起模效他的風格。最近，西班牙詩壇頗不寂寞，詩人胡安．希梅內斯（Juan Ramón Jiménez, 1881-1958）獲得了一九五六年的諾貝爾文學獎。

一九六〇年三月二十五日

波特萊爾的《惡之花》

波特萊爾開始詩作之年是一八四〇年，第一本詩集卻遲到一八五七年出版。一八五五年六月，他發表了十八首詩，題目是〈惡之花〉（"Les Fleurs du Mal"），這個題目常常被誤解，但作者明顯地只是採用中世紀的象徵手法，即是說有一種植物是代表罪惡的，Mal 即有邪惡、病態之意。波特萊爾之用這個題目的意旨其實很清楚的：當時，他曾邀請藝術家白勒蒙為他的詩集畫封面，封面上的植物象徵七種極惡的罪，生長在智慧和良善的樹上，由於白勒蒙不明白波特萊爾的意思而沒有進行，不過這畫在一八六六年出版的《片段》詩集上出現，由比利時畫家羅普斯所繪製。

《惡之花》的初版於一八五七年，因受指控「不道德」，觸犯宗教與地方風俗，其中六首詩被禁。不過他也獲得福樓拜、雨果的聲援。《惡之花》第二次版是一八六一年二月，六首禁詩已取消，有三十五首新作加入。這三十五首詩創作的時期是一八五七至六一年，而當初的十八首是一八四四年之前所寫，那時生活奢侈而空閒，多寫於落山酒店內。第二次版的《惡之花》內的前期作品多經刪改，組織和系統顯然有了極大的進步。筆者手邊這本是一九五九年九月於英國出版的法文本，顯然是後來再整理過的。

《惡之花》共分為六部分，每部分都收了若干首詩。第一部分題名〈憂鬱與理想〉，第二部分題名〈巴黎寫照〉，第三是〈酒〉，第四是〈惡之花〉，第五是〈叛逆〉，第六是〈死亡〉。這次序是第二次版的排列，跟第一次版時的排列略有不同。除了這基本的六部分之外，《惡之花》的扉頁上這樣寫：

懷着謙恭的深情
致不可思議的詩人
法蘭西文學中完美的魔術師

我最親愛最尊愛的
導師和朋友
岱奧菲．戈蒂埃
獻上
這束病態的花
C.B.

C.B. 即為波特萊爾名字的縮寫。接着是一首〈致讀者〉的詩，長達十個小節，每節四行。

《惡之花》的第六輯是六首詩組成的〈死亡〉，依次為〈戀人之死〉（這詩已有德布西為之作曲）、〈貧者之死〉（這詩顯著地受戈蒂埃的影響，其中第一、七、十一行都看到戈蒂埃的影子）、〈藝術家之死〉、〈生命之終結〉、〈旁觀者之夢〉和〈旅程〉，末一首是波特萊爾的名作之一。

第五輯是由三首詩組成的〈叛逆〉，其一之〈聖彼得的否認〉是以聖彼得否認基督為題材，作成後哄動當代的整個文學圈，但僥倖沒有在一八五五年受禁。另外二首是〈該隱與亞伯〉和〈給撒旦的連禱〉。

第四輯〈惡之花〉，由九首詩組成。有史文明最讚賞的〈一個殉道者〉，福洛培爾讚賞的〈莎地里行程〉，其他是〈毀滅〉、〈咒詛的婦人〉、〈二姐妹〉、〈血的噴泉〉、〈阿拉戈里〉和〈愛與頭顱〉。

第三輯是〈酒〉，由五首詩組成，寫不同的酒：〈酒之靈魂〉、〈折霍尼之酒〉、〈謀殺者之酒〉、〈戀之酒〉、〈隱者之酒〉。

第二輯即〈巴黎寫照〉，共十八首，其中有獻給雨果的〈天鵝〉、〈七老人〉和〈小老婦人〉，有以老看護為題的〈善心之僕〉，有致京里斯朵夫雕像的〈死亡之舞蹈〉，著名的〈太陽〉、〈風景〉、〈致流浪人〉、〈盲人〉、〈致一過路者〉、〈農夫之輪廓〉、〈黃昏之光〉、〈遊戲〉、〈虛偽的愛〉、〈霧與雨〉、〈黎明之光〉、〈巴黎之夢〉和〈黎明〉。

第一輯是最多詩的，共有八十五首，最著名的有〈祝福〉、〈海鵝〉、〈和諧〉、〈燈塔〉、〈人與海〉、〈美〉、〈理想〉、〈頭髮〉、〈蛇舞〉、〈貓〉三首、〈憂鬱〉四首、〈夜之和諧〉、〈致克利奧女子〉、〈幽靈〉、〈秋之十四行〉、〈月之憂鬱〉、〈貓頭鷹〉、〈音樂〉、〈埋葬〉、〈空幻的痕跡〉、〈歡樂之死〉、〈鈴〉、〈虛無之味〉、〈痛苦的磨煉〉、〈可怖的同情〉、〈無可救藥〉、〈鐘〉等。（其他的處於次要，也因篇幅不再詳列。）

從各輯的題材中，波特萊爾不單表述出他的善意，並且充分流露出對它們真正的評值，他以為「死亡」並不是終結，死亡等於由一個夢境轉入另一個夢境，或者是從一個更不幸的夢轉入一個不幸的夢而已。生活既然像走進一座奇怪的地獄，又是夢的天堂；那死亡也不過是一個地獄，又是一個天堂罷了。

〈叛逆〉是波特萊爾對宗教的一些見解。對於宗教，波特萊爾有的是一種精神上朦朧的印象，一般的作家以為美是屬於宗教的，醜是屬於非宗教，這在波特萊爾的眼中略有不同，他承認美是屬於宗教的，而在宗教之外他找到同樣的美；他的宗教，他的信仰，就是對一般醜惡之物，發掘其中的美感，但對宗教上非美的範圍，他是否定的，因此〈叛逆〉曾被一些人抨擊。在〈給撒旦的連禱〉中波特萊爾第一句就這樣唱着：

愛你，最聰明，最美麗的天使
被命運出賣，被奪去讚美的神

整首詩是對撒旦的讚美。「連禱」，就是教徒反覆運用同一字句去讚美上主。波特萊爾不讚美上帝，而讚美撒旦，在當時不被人抨擊才怪。

對於酒，波特萊爾是離不開它的。一般人之所以稱他頹廢就由於他經常沉醉，在他的散文詩中他曾說過：醉吧，這不是大不了的問題。他以為沉醉並不消極，而是藉此進入幻想的天地，和一切超現實的事物共舞。這是一般人所做不到、感覺不到的美麗，波特萊爾的美就是酒、就是沉醉，而他人對他的看法就是醜、就是頹廢。因此，讀波特萊爾，要認識波特萊爾，必須要像他一樣，從他的角度「進入」，否則波特萊爾何必對我們說：「De vin, de poésie, ou de vertu, enivrez-vous」呢。事實上，一般人之所以震悸於波特萊爾的「新的戰慄」，不是由於他的醜惡，而是他的美，但不是可愛的美，而是可怕的美，「美得可怕」。

《惡之花》所存在的本質問題，乃是波特萊爾創作的問題，那是他的特別的、典型的見解。波特萊爾承認時間，他對時間的感覺以為是剎那的存在，而一切的時間就是剎那的連續。他也承認空間，認為物質之所以存在，僅僅因為在世界上它已有了本質的存在。對於大自然，波特萊爾認為大自然如一本書，故稱之為大自然之書，他把大自然內的一切隱藏於地面，地下、地上之物，是一種象形文明的器官，而詩人的工作就是把它們表現出來，無論美、醜、善惡，但所謂美的不一定美，所謂醜的不一定醜，美與醜，一如善與惡是被否定的。波特萊爾處理醜惡的問題是分析醜惡之中審美的成分，但帶以抑鬱和漠然的調子，是從醜惡中寫美，由於醜惡不過是一種象形的語言。像一具屍體，於人的視覺中它是一種醜惡的象徵，而屍體本身則是一種無形的語言，屍體所放置和表現的姿態如一個「醜」字的象形，波特萊爾把它的形用音樂的文字表達出來，而一個屍體之姿態也有其美感，其味也有刺激性，其沉默，其大自然之象徵，其無生物的變幻的將來，在詩人的眼中就有美之存在，只是波特萊爾並不直接表現。他的詩句中的起伏點乃是神秘、貪婪、朦朧，並且主觀，用暗示引起聯想，藉音樂導入創造的境地。因此，讀者同時必須自動創造、參與，才能混合一個共同的味覺、視覺、聽覺、觸覺和嗅覺，在他的一首最著名的詩〈和諧〉中就讀到了融合的程度。〈和諧〉這一首詩的靈感取於史得堡的學說，此詩在今天已成為象徵主義的代表作品，現譯於下：

自然是一座神廟，有不朽的支柱
偶而讓朦朧的語音溜進去
人們從象徵的樹林經過
以親切的眼光看見它

像迢遙而消逝的回音
融入深邃幽昧的統一體
像黑暗，像光明，無邊無際
像味，像色，像聲音，相互應答

有些鮮嫩似嬰孩的肌膚
甜蜜如雙簧管，綠如草原
但另外一些，腐朽，豐富，意滿

事物廣大而且無限
像琥珀，麝香，樹液和乳香
歌唱理性和智慧的歡樂

全詩共十四行，是一首商籟，原詩的腳韻是addc，cbbe，efefgg，但譯起來無法照足，而且這是一首相當難譯的詩。全詩表現了時間的刹那、空間物質的相應，並且帶味、音、色，而一種內在的音樂除了讀原文是沒有辦法描述的。

第一詩小節，波特萊爾可能是想起愛倫坡的詩，像"Al Aaraaf"中的：

All nature speaks, and e'en ideal things
Flap shadowy sounds from visionary wings

還可以看出波特萊爾和愛倫坡的思路是共通的，他們彼此都對超現實的事物有親切的共鳴，他們生活在物質的社會中，但對遙遠的大大小小的回音和形象都等如自己心內散佈出去的聲音和思想一般，可以透澈地隱隱地相互攜手。因此，也有人稱象徵派為浪漫主義的復活，而象徵主義的確是和古典主義及其同期的高蹈派相異。

和愛倫坡一樣，波特萊爾以為大自然的一切都是具有生命的，能用言語表現，而自然等於一座神廟，就如詩等於一座花園，人們只能從象徵的樹林看它們，因為它們許多都不具視覺的形體，像聲，像味，像色，它們必須從象徵的表白才能找到，而又是我們所熟悉的（這裏我想起早幾星期看的電影《幻想曲》中介紹「聲波」的情形）。但大自然的一切都能夠彼此呼應，而人們都對它們陌生；波特萊爾把空間時間的限界都打破了（目前甚麼征服太空的研究其實早被詩人們領先了），整個宇宙根本是一體，聯繫得像神經系統一般緊密。

〈憂鬱與理想〉中象徵派的代表作品最多，而且幾乎每首都是，波特萊爾成為象徵主義的宗師之一，當然不是空談的。

一八六六年，波特萊爾發表了十六首詩，名〈新惡之花〉，也一起列入《惡之花》中，其他的有〈短詩〉，〈遺詩〉（死後才發表的）雖然也列入《惡之花》集，但不在「惡之花」的主題範圍之下。

和《惡之花》相輔的作品應該是《波特萊爾散文集》（這書已有中譯本），如果要了解波特萊爾的作品，除了《惡之花》之外，他的「散文詩」也是不可疏忽的。

一九六〇年十二月十九日

片段瘂弦詩

曾經想過試着把瘂弦的詩拍成一部實驗電影，那是因為腦裏老是轉着〈遠洋感覺〉裏的四行詩：

時間
鐘擺。鞦韆
木馬。搖籃
時間

一直喜歡瘂弦的詩。那時候，讀《苦苓林的一夜》，最喜歡裏面的〈乞丐〉、〈那不勒斯〉，又喜歡〈秋歌〉、〈野荸薺〉和〈早晨〉。但整本詩集給我最深印象的也是鐘擺、韆鞦、木馬、搖籃。每次讀到它們，腦裏就自動編起一組鏡頭來：

淡入○一擺盪的鐘擺
溶接○二擺盪的鞦韆
溶接○三擺盪的木馬
溶接○四擺盪的搖籃
淡出

雖然很想把瘂弦的詩拍成實驗電影，卻沒有作任何發展，原因是，我事實上並不特別喜歡〈遠洋感覺〉。喜歡的只是四行詩所激起的電影感，如果光拍四個溶鏡，算甚麼呢。

後來，又試試找多幾節詩行來拍，看看可否合成一些短章，結集成一部《片段瘂弦詩》，也沒有結果。因為，我不知道應該怎樣表現「只留下一個暖暖，一切便都留下了」。

最近，又看過《深淵》，把許多首詩仔細再看過，覺得〈三色柱下〉未嘗不可以一試，而〈鹽〉更是值得考慮，可以配旁白，就那麼地喊：鹽呀鹽呀，然後讓天使們唱一段歌。

誰的兒歌？

〈兒歌〉

走過了白水橋
是青色的山
走過了赤泥嶺
是藍色的海
走過了海連天天連海的暮靄
便是綠油油的童年
飛揚在金黃的歡笑裏
海連天天連海的暮靄

我走不過
海連天天連海的暮靄
我走不出

〈兒歌〉是葉維廉詩集《野花的故事》裏的一輯詩，原詩一共是五首，這裏選了第二首來說說。

這是一首明朗的詩，全詩沒有深字僻詞，也沒有套用典故，短短的十一行，抒情寫景，平淡而隱約，寓意也深遠，又彷彿是一首古典的田園詩。這首詩使我想起了兩點：一、現代詩並不是甚麼三頭六臂的怪東西，也不是只有晦澀玄異的一面，叫人難以接受；二、現代詩一樣可以抒情寫景，也可以很古典，並不是說，以激昂的聲音，說理，呼喊，寫鋼鐵的城市、噪音和廢氣，才是現代詩。

起始的四行，作者並不是採取空鏡頭式的方法來展覽幾幅風景攝影硬照，而是透過人的步行，帶出一道橋、一座山，然後是嶺和海；並且非常有秩序地，一層一景，依次展現一個較寬廣的空間。作者引領我們的視界，先近後遠，由微及巨。比如說，橋是近在身邊，較小的，而山則有了一個距離，比例上也大了。然後擴展到更遠更闊的嶺，最遠最無涯的海，逐漸伸延出去，至於無限。

接着下來的三行是從「海」再出發，不過這次所展示的景色不再是具體的山水，而是突轉為抽象的「童年」。如果依照起初的四行來發展，作者寫到這裏，應該會變成這樣子：走過了海連天天連海的暮靄/便是綠油油的農田/飛揚在金黃的稻穗（或麥浪）裏。這首詩所以寫得好，就是因為沒有繼續寫農田和稻麥，而是以「童年」和「歡笑」替代出現了。在對比上來說，童年的歡笑，正足以對比秋收的豐盈。歡笑應該是金黃色的，童年也應該是綠色的，像一片初生的葉子。

繼續發展下來的四行，是全詩的重點，也是一層一景，從一個圓心點擴散出去。海連天天連海的暮靄，回應第五行，是一個延續，指出只要走過了暮靄便是綠油油的童年，而事實上卻是「走不過」，童稚的時光是一去不返了。從表面上看，海連天天連海的暮靄，是空間上的障礙，但既然另一端是綠油油的童年，那麼，這暮靄就是時間上所造成的隔絕了。

最後的兩行詩中，雖然仍是海連天天連海的暮靄，但意義上已經和前面的暮靄不相同了。到了這時，作者顯然已經超越了兒歌式的回憶，從「童年」過渡到了「現在」。本來，暮靄不過把作者和童年分隔開來，作者也好像只是在抒發個人的一份淡淡的愁緒，慨歎時光不可倒流，但從最末的那一句「我走不出」來看，這海連天天連海的暮靄根本是一個無限大的囚籠，作者陷在裏面，不能掙脫出來。這暮靄，相信亦暗喻了人類所面臨的種種困惑和局限吧。

整首詩寫得異常平淡，幾乎平淡得叫人感到意外。我覺得如果詩人對自己的童年有所感觸，必定會抽取一些特殊的風景記憶來抒發，但這首詩並無新奇個人的風景，因此我們可以想像得出作者寫些普通的山和海，是有深一層的意思，是要表現多數人的童年的總樣子。而〈兒歌〉，也就不是作者個人的兒歌了。在《野花的故事》的後記中，作者這樣說：「原始的和諧是回不去的，正如要拒絕工業文明回到純樸的農村的群性社會之不易。」因此，這兒歌，難道不就是人類共同的兒歌麼？

顏色在詩中串演了一個重要的角色，開始的七行中，我們觸目可見絢爛的色彩，有「白」水橋、「青」色的山，「赤」泥嶺、「藍」色的海，「綠」油油的童年、「金黃」的歡笑。到後來，一旦出現了海連天天連海的暮靄，就一片灰暗了。詩到終結的時候，作者被困，或是人類被困在灰暗的暮靄之中走不出。或者有人因此認為這首詩對未來的態度是悲觀的，但我又覺得並不如此。

作者用暮靄，是一個非常成功的隱喻。在霧氣之中，人們固然不能辨別方向，因此迷失，但要衝破也並非完全不可能；童年已過去，是回不去的（其實最後也可以回去），但未來呢？未來可以來。暮靄不過是自然界突發性的一種面貌，它是水汽短暫的凝聚，但世界上豈有永遠不散的暮靄呢，一旦水汽消逝，眼前自然一片清明了。

一九七六年四月二十三日

讀阿瑟·韋里英譯〈關雎〉詩

'Fair, fair,' cry the ospreys
On the island in the river.
Lively is this noble lady,
Fit bride for our lord.

In patches grows the water mallow;
To left and right one must seek it.
Shy was this noble lady;
Day and night he sought her.

Sought her and could not get her;
Day and night he grieved.
Long thoughts, oh, long unhappy thoughts,
Now on his back, now tossing on to his side.

In patches grows the water mallow;
To left and right one must gather it.
Shy is this noble lady;
With great zither and little we hearten her.

In patches grows the water mallow;
To left and right one must choose it.
Shy is this noble lady;
With gongs and drums we will gladden her.

阿瑟·韋里（Arthur Waley, 1889-1966）是著名漢學家。這裏試看看他對〈關睢〉的翻譯。〈關睢〉原詩是這樣的：

關關睢鳩，在河之洲。窈窕淑女，君子好逑。
參差荇菜，左右流之。窈窕淑女，寤寐求之。
求之不得，寤寐思服。悠哉悠哉，輾轉反側。
參差荇菜，左右采之。窈窕淑女，琴瑟友之。
參差荇菜，左右芼之。窈窕淑女，鐘鼓樂之。

一首詩譯得好不好，我想，首先要看譯得準確不準確，其次再講譯得有沒有文采。

我覺得，整首詩譯得最好的一個詞是「君子」，韋氏譯作「Lord」。韋氏譯的《詩經》，初版是一九三七年，在幾十年前，似乎沒有人把「君子」一詞解釋為貴族。大家都認為〈關雎〉出自〈國風．周南〉，是民歌，描寫普通的男子追求普通的女子，而詩中的「君子」，泛指民間美好的青年。但現在大家研究《詩經》都會發現周代階級森嚴，一般皂、輿、隸、僕、臺、圉、牧，都是身份微賤的人民，而王、公、大夫、士，才是上層人物，也只有這些人物，可以被尊稱為「君子」。到了孔子說的君子，可以指貴族，有時又可以指道德崇高的人物。「君子」在《詩經》中應該都是指貴族。

〈關雎〉詩中有「鐘鼓樂之」，是說迎娶新娘時奏起了禮樂。在周代，一個普通的平民百姓，是不能夠動用鐘和鼓這樣隆重的樂器的，樂器代表了身份，是貴族的象徵；就像鼎，普通人是不能擁有鼎的，鼎是天子的象徵。

韋氏把「君子」譯為「爵侯」，他已經把〈關雎〉解釋為貴族娶妻的詩篇了。「君子」娶妻，當然選擇門當戶對的名門淑女，而「淑女」，韋氏譯作「Lady」，十分貼切。不過，他把「窈窕」譯作「可愛、漂亮」及「含羞」，倒是譯出了「淑」的成分多，「窈窕」的成分少。但看得出他是努力尋求變化，因為詩行三的「窈窕淑女」和後來出現的句子已經有不同的譯法，藉以表現不同意義的層次。然而，我覺得還是譯空了些。

「雎鳩」譯作魚鷹，「荇菜」，譯作水生植物。魚鷹可算準確，荇菜比較難譯，取意無可厚非。雎鳩的鳴聲為「關關」，韋氏譯為「美好」，我覺得這是他重比不重興的結果，我比較贊成他純粹譯作鳥的鳴聲。有時讀英詩讀到布穀鳥叫「咕咕、咕咕」，節奏明快，音韻抑揚，非常動聽。

對於「左右流之」、「左右采之」、「左右芼之」這三句詩，韋氏是依詩經文法上連類對舉的解釋來譯的，所以，在他的心目中，「流」、「采」、「芼」三字的意思相同，只略有變化；在這方面，他譯得相當仔細，他譯了「seek」、「gather」、「choose」，其中的過程，層次漸進，先是尋找，然後採摘，但必須選擇。君子娶妻，能不在眾多的「淑女」中選最適合自己的嗎？在這三句譯詩中，我認為「左右芼之」譯得最傳神，尤其是有一個「must」在，至於前兩句的「必須」，則反而可有可無。不過，作為民謠式的詩體，「重複」是可以增加朗誦時的音韻效果的。其中「求之不得，寤寐思服」，「服」古音「北」，是押韻的。

同樣地，韋氏對「琴瑟友之」和「鐘鼓樂之」也是聯作連類對舉的結構來譯，於是才有「大小弦琴來鼓舞她」、「鐘鼓來愉悦她」。「Gongs」給人一種奇異的感覺，因為一見到這個字，容易叫人想起一面鑼，如果打鑼來娶妻，一點貴族氣派也沒有了。還有一點，通過翻譯，我們也看到自己的語文特點，中文是不需指明主詞的，英文就要 we 了。

「君子好逑」，「好逑」是指好的配偶，韋氏譯作「適合作我們侯爺的新娘」；「寤寐求之」譯作「日日夜夜尋求她」；「求之不得」譯作「找到她卻得不到她」；「寤寐思服」譯作「日日夜夜地愁思」；「悠哉悠哉」譯作「悠悠長，呵，長遠地憂思」；「輾轉反側」譯作「背面、側面時刻翻轉」都譯得平穩。

值得注意的是第二節詩和第三節詩，韋氏是用過去式來譯的，詩行第七更用了一個「was」，在時間上，當然是表示經過了一段「求之不得」、「輾轉反側」的階段，如今終於和她成為朋友，娶她為妻了。

譯的詩沒有押韻，彷彿失落了不少音樂，不過整首詩節奏明快，第一節的詩行尤其短，和原作的四言詩比，只多出了一兩個字，是很難得的。

一首古詩譯成這樣，平實可喜，已不簡單。但我的願望依然是：讀韋氏英譯《詩經》，喜好中國文學的人，最好還是自己去學習中文，再來誦讀這首音韻鏗鏘、文采富麗的〈關雎〉。

一九八三年二月二十五日

希臘詩兩首

一、〈依麗琪〉

我在海中游泳，就在依麗琪
連同人們、房舍、樹木、運動場和雕像
在一個傍晚滑足墜海的地方
到了今天，我想，我們必須説清楚
古城為甚麼要自殺
成熟總是比較接近腐爛吧

二、〈母親〉

「如果你結果搞到像你爹，我可要瘋啦」
每當他早晨上班母親就發話了
並且把身子探出窗口和洋葵一起
瞪眼目送他走到街角轉彎
於是他覺得背上有兩枚針
她眼中陳列出兩條臍帶
她臉上的皺紋好像在延長
變成粗繩綁着他的肩膊
漫長不斷的繩索愈繃愈緊
沿着大街小巷糾纏着他
把他的手困束在駕駛盤上

不准他把宣言單張放進公事包
帶他遠離用來示威的公眾廣場

這兩首詩是希臘詩人衣衣．夏士約尼斯的作品。夏氏於一九三六年誕生於希臘克里特島，長大後曾入雅典和慕尼黑大學，除了寫詩外，還寫電影劇本，詩充滿希臘的風采，譬如「依麗琪」這座古城，沉到海裏去了，詩人說古城是自殺的，因為一個果子成熟的時候，也就是最接近腐爛的時候。

〈母親〉則是一首很動人的詩，詩中的父親沒有出現，但從母親的口中，我們知道他已經死去，或者被捕下獄，或者逃亡海外。這個人所以如此，必定因為他曾經參加革命和示威，而現在，他的兒子又走上同一的道路。於是，悲哀的母親勸兒子不要學他父親的樣子。而做兒子的，不免被親情的繩索緊緊捆綁着，一時難以毅然擺脱。

艾眉．明絲把這些詩從希臘文譯為英文，出色的插圖是米諾斯．阿加拉基斯的作品。原載《倫敦雜誌》第十七卷第五期。

自說海素詩

海素是朋友的女兒，一個很乖的小嬰孩。我每次到朋友家去，總看見她睜着小眼睛：看看這邊，看看那邊；從來不胡亂哭鬧。有時，她讓爸爸或媽媽抱着；有時，她獨個子睡在小木頭床上自己吮大拇指。我每隔一個或兩個星期到朋友家去，看見她忽然又長大了些；忽然又咿咿唔唔想說話了，誰和她戲耍，她就笑，頭髮永遠好像一座噴泉，手舞足蹈則像蛙泳。我每次在朋友家要逗留好幾個鐘頭，從來沒聽見過她哭鬧，大家都承認海素是個乖孩子。於是，我腦子裏自自然然就有了這麼的兩句：「海素是很乖的／一哭都不哭」。

我不知道別人寫一首詩如何開始，我自己則常常是因為一個深刻的印象。這印象又多數是畫面，不是文字。我從來不會在吃飯走路之時忽然想到一句精警的句子而發展成為一首詩，通常是由一個畫面衍變為一首詩，是「看見」，不是「思想見」。所以，我寫〈海素〉，就因為有了海素這很乖的嬰孩的印象。我先寫了四行：

海素是很乖的
一哭都不哭
耐心地
等待長大

這四行是整首詩的引起動機，有了引起動機，就得發展了。我就沿着「長大」來發展。瓜果蔬菜是很容易長大的，所以，我就把海素比作豌豆花、蓳菜花。農村裏的孩童通常都叫阿牛、小狗子，也是容易長大的緣故。於是我又想到了兩行：「豌豆開了花／就長大了」。

長大了以後，這孩子會做些甚麼呢？我想：她最好像她母親。最近，我們一群朋友到山頂上去遠足，遇上很大的霧，不過大家的興致一直不差，還從山頂沿着林蔭路走到山下來，到公園去轉了一個圈。那一天，海素的母親揹着一個布袋，袋上有補貼的紅綠花朵圖畫。她是一個很風采美麗的人物，我就想：海素長大了像母親真好。所以，詩的第二節就這樣寫：

堇菜花開了花
就長大了
揹一個
像媽媽揹的那種布袋
到公園去
看鴿子

不過，目前的海素還沒有長大，她只是睡在小木床上。小木床上掛着一雙音樂盒子，當媽媽要去做一點家務，海素就自己聽音樂了。我於是寫海素現在自己的模樣，這就是詩的第三節。最初寫〈海素〉，詩是分開五節的：

媽媽洗碗
媽媽說
海素乖
海素自己玩
音樂盒子團團轉
叮咚叮咚

叮咚叮咚
睡在小木頭床上
伸伸腳
伸伸手

做一陣體操
等媽媽回來
等媽媽說
好吧
來喝一點兒桔子水吧

地丁開了花
就長大了

詩的雛型有了。然後就是修改。我又不知道別人寫的詩要改多少，我自己則是要改很多，有時候，一首詩改過了，原來只剩下本來的最初的兩句。在〈海素〉的第一節，我覺得「一哭都不哭」是矛盾句。哪有嬰孩一哭都不哭的，如果嬰孩不哭，她怎樣表達自己的意思，說是肚子餓了，不舒服了等等？所以，就把它改為

「不該哭的時候就不哭」，比較合理。第一句「海素是很乖的」，沒有突出她是一個嬰孩，也沒有和其他的嬰孩作比較，所以，也改為「有些嬰孩是很乖的，像海素」。

詩的第二節我本來用了鴿子。如果一個人在家裏抬頭看見窗外的鴿子飛，大概很高興，不過，到了公園，公園裏動物多，鴿子就顯得隱蔽了。而事實上，那天我們去公園轉了一個圈，根本就沒有見過一隻鴿子，我們看見一群粉紅色的火鶴，火鶴這麼大，名字又很霸道，和小嬰孩不怎麼調協，而且，火鶴的體型龐大，即使是一頭小鶴，彷彿也已經長大了。在公園裏，我看見了一頭全身大紅羽毛的小體型鳥，叫紅鷺。

這紅鷺，稍後又改為紅羽鷺，是為了語文節奏上有所變化。我覺得這首詩，如果想帶點歌謠味，圓舞調子的，最好不要一連串出現雙音節奏，讀起來又硬又不流暢，就把可以改的都改了，因此才多了些三音一拍的節奏，像豌豆花、開了花、紅羽鷺等等。

第三節裏的「海素乖/海素自己玩」，我愈讀愈覺得不像話，怎麼又模仿瘂弦了哩？瘂弦寫過「毛毛乖／毛毛拾得最多」。至於第三節尾的叮咚叮咚溶接第四節的叮咚叮咚也覺接得古老。後來再看看，覺得這兩節詩都不好，雖然是寫些生活的細節，但並沒有突出海素的個性，而且她會長大，還是寫她長大了怎樣，把眼光放遠一點，也想寄予期望。這些年來，因為世界上的人口太多了，大家都在高喊節育，好像懷了孕就是有罪的樣子，而且，漸漸的，人們對小孩也感到厭惡起來。見了海素，我曾經想，如果誕生在一個溫暖的家庭裏，有很好的父母，有一個小兄弟，那也是挺不錯的。嬰孩很快就長大，成為一個獨立自主的人，過有意義的生活。人到世界上來，也有積極歡樂的一面的吧。

詩的第三、四節改了之後，我加插了一個人物，他是海素的小兄長海活，一個機靈活潑會畫很好的圖畫的男孩子；他有很多圖書、玩具、文具。海素有這麼的一個小兄長，長大了一定不會孤獨。我還特別希望海素寫詩，因為她的母親是詩人。把詩改過之後，就變了這個樣子：

有些嬰孩是很乖的
像海素
不該哭的時候就不哭
耐心地
等待長大

堇菜花開了花
就長大了
揹一個
像媽媽揹的那種布袋
到公園去
看紅羽鷺

到了紅羽鷺們都長大
問海活借一枝
樓梯那麼長的鉛筆
坐在矮凳上
像媽媽那樣

也寫詩
寫到詩們都長大

豌豆花開了花
就長大了

這時候，整首詩是分節的，而且沒有標點。我那時正在寫一篇關於詩與標點的文章，想起瘂弦、楊牧、葉維廉詩中的標點運用得異常出色，尤其是楊牧的句號和詩行中間分段法，使整首詩的抑揚出落得姿態萬千；反觀自己的句子，呆鈍得很，又好像一團散沙，於是把它再改，全詩串在一起，成為發表的詩樣：

有些嬰孩是很乖的
像海素
不該哭的時候就不哭
溫柔地、耐煩地　（耐煩地本來想寫為快樂地）
等待長大，到了
長大，數數看
堇菜花開了花
就長大了，揹一個　（這裏本來想用句號）
像媽媽揹的那種布袋

到公園去
一面野宴　　（本來寫野餐）
一面看紅羽鷺。看，看
看到紅羽鷺們
都長大；應該是
豌豆花開了花
就長大了
可以問海活借一枝
樓梯那麼長的鉛筆
海活有，海活　　（本來想把海活有，海活一定有，用括號括起來）
一定有，坐在矮凳上
像媽媽那樣
也寫詩

一直寫
一直寫
寫到詩們都長大　（加個們字，想讀起來流暢些，語法上可差勁了）
大概是
地丁花開了花
就長大了

後來，我問一位寫詩的朋友，是否改好了呢？他說，你想得太多。

一九八一年六月

石鼓詩誌

一

彼此都是石頭。如果所有的石頭都屬於同族集團，就沒有族群這一詞語了。石頭大致可以分為火成岩、沉積岩、變質岩，膚色、體質略有不同。

石頭文學中不乏著名的篇章。譬如《石頭記》向我們引見一塊靈性已通的寶玉，是當年女媧氏煉石補天煉成的頑石，不但通體鮮瑩明潔，具有可大可小、自去自來的本領，且能言擅道，身上鐫了許多文字，見佛說佛話，見道人說道人話，供人消愁破悶；說出一部不朽名著。

石頭文學史中，另一名石也非同小可，乃是東勝神州海外傲來國花果山的仙石，三丈六尺五寸高，二丈四尺圍圓，高是按周天，圓是按二十四氣，上有九竅八孔、九宮八卦，久受天真地秀、日精月華，遂有靈通之意。內育仙胎，一日迸裂，產一石卵，見風化作一個石猴。這石猴，也有可大可小、自去自來的本領，又能化出成千百萬的分身，曾西遊，見歷不少鬼怪妖魔，創造力比通天寶玉畢竟稍遜，有猴性而無石性。石性，無疑接通人性。所以，在石頭文學史中，排不了第一名的座位。

石頭文學史中並無石鼓文本。事實上，石鼓這石頭比起文學史上的石頭差遠了，一無靈氣，二無法術，若要擺進石族館，檢查表中看察一番，大抵歸屬為花崗岩，又名火成岩，很普通的石頭。

別的石頭有條痕，它無；別的石頭有光澤，它無；別的石頭有肌理，它無；別的石頭有斷口，它無；氣孔，也沒有。它有甚麼呢？硬度。不然的話，就不成其為石頭，而成為泥沙了。石頭的硬度分為十級，最硬者十級，為金剛石；最軟者一級，為滑石。石鼓大約居於三至五級，介乎第三級方解石，第四級螢石，以及第五級磷灰石之間。這些石頭上可以刻字。

石頭和泥沙不同，當然是因為石頭的體積比泥沙大，硬度比泥沙高，原貌已經不可稽考，但如今所見，它們高六十六厘米，直徑三十三厘米，腹部微微膨出，鼓形。

石鼓是石質之物，正確無訛。至於稱為鼓則印象而已，理由是因為它的形狀像鼓。說它是墩，它又太大；說它是碗，它又實心；說它是碑，它又是圓形；說它是桌，它又太矮。於是被稱為石鼓。石鼓之特別，不在形狀，而在數量，不多不少，剛好十個，一模一樣，而且身上都刻了文字。

在石頭上刻字，歷史悠久，紙筆墨還沒有發明之前，漢字是刻在甲骨上、青銅器上、竹簡上，然後又刻在石頭上。龜殼，牛馬肩骨，用來契刻文字，三四千年，一個羊字，就刻出有四十五種寫法。

皇帝有甚麼話要說，就叫匠人刻在石上，豎在國子監門前，供人閱讀和抄寫。世代相傳，說來奇怪，漸漸地石頭文學史竟變為石頭書法史了。譬如說，「永和九年，歲在癸丑」，本是一篇鏗鏘悅耳、瑯瑯上口的韻文，可刻在石上後，拓印下來，都變成字帖，人人摹仿書寫，遠蓋過了文字的意義、結構。小孩臨習字貼，四個字一行寫在九宮格紙上，腦中的句讀竟變成「是日也天，朗氣清惠，風和暢仰」，叫人啼笑皆非。

石鼓一共十個，當初如何排序，哪一個前，哪一個後，哪一個居中，已無從確考了。本來，一樣的石頭，如何排列，次序的先後，有何重要？問題是，十個石鼓，模樣雖然一樣，身上刻的字句卻不相同。它們不似希臘神殿的一列石柱，希臘神殿可以不分左右，哪一根柱放在哪裏都不成問題。石鼓身上有字，個個鼓上的字都不相同，十個鼓，連起來讀，應是一首長詩，是有頭有尾的故事，或者歷史。次序一亂，不分首尾，就有不同，甚至難以解讀了。中國古代的文字，曾以竹片來記錄，文字是寫在竹片上，每一片由繩索穿起來，一部作品，一卷可能要堆滿十輛車。日子久了，翻閱多了，繩索易斷，繩子一旦斷折，竹片散亂疊堆，整理不易。新出土的竹簡，要勞煩學者、專家仔細辨認和考證，重新整理、編排。

十個石鼓，唐初發現的時候，並無現代的偵探常識，聲明保持現場的現狀，不可移動任何物體和位置，而石鼓經過搬移、轉動、棄置，而它們又沒有自作爭座位的遊戲。體育課上的學生列隊報數一、二、三、四……是以高矮為次序，石鼓又無高矮之別，有人勉強以甲、乙、丙、丁來辨識，但光說甲鼓、乙鼓、壬鼓、癸鼓，還是容易混淆，且有序排的誤導，於是就以鼓身最初二字命名。這是《詩經》的傳統。為了方便，大多專家都這樣分列：

第一鼓：吾車；第二鼓：汧殹；
第三鼓：田車；第四鼓：鑾車；
第五鼓：霝雨；第六鼓：乍原；
第七鼓：而師；第八鼓：馬薦；
第九鼓：吾水；第十鼓：吳人。

十鼓的內容，坊間自有不少原文譯文，討論多極了，可歧說也不少，內容大多認為是記敘秦王出獵的場面，故又稱「獵碣」。這裏不贅了，倘加以解說，會沒完沒了。

十鼓名稱，於是定為〈吾車〉、〈汧殹〉、〈田車〉、〈鑾車〉、〈霝雨〉、〈乍原〉、

〈而師〉、〈馬薦〉、〈吾水〉、〈吳人〉。

同是石頭，比起大荒山通靈寶石，和花果山仙石，差多了。通天靈玉，就有識得靈物的一僧一道，帶它到溫柔富貴鄉去走紅塵一遭，昌明隆盛之邦，詩禮簪纓之族，花柳繁華地。過了幾世幾劫，又遇上空空道人，引登彼岸，把石上的字從頭到尾抄寫回去，問世傳奇後，由曹雪芹於悼紅軒中披閱十載，增刪五次，纂成目錄，分出章回，成為《石頭記》。至於花果山仙石，座下石猴，也驚動高天上聖大慈仁者玉皇大天尊玄穹高上帝，目運金光，射沖斗府，石猴大鬧一番後受降服，然後輾轉折騰得道。

至於石鼓，無聲無息，躺在莽莽草叢，經過的，也無非鄉野牧童，或者不識字的莊稼漢。任由風吹雨打，倒也逍遙自在。如果，石鼓身上沒有字，一生一世就可在大自然的懷抱中隨着日升日降終老。然而，那滿身的文字，終於吸引了讀書人的注意。唐太宗貞觀初年，石鼓被發現了。石鼓所在，是在陳倉縣的郊野草叢之中。陳倉城是先秦時代（公元前七六二年）秦文公所建，「倉」是儲藏的意思，「陳」是陣。意思是有兵有糧。陳倉的地點，現在是寶雞縣，在陝西省。

陳倉是古書上的名城，但它的出名，還是因為楚漢相爭。公元前二〇七年八月，劉邦起用韓信「明修棧道，暗渡陳倉」，從漢中西出勉縣偷偷轉折北上，大軍通過陳倉之野。《史記．高祖本紀》曰：「八月，漢王用韓信之計，從故道還，襲雍王章邯。邯迎擊漢陳倉，雍兵敗。」大軍有沒有經過石鼓？也許沒有，也許有，亂草中幾個圓石，也不會引起注意，況且軍人又有多少讀書識字的，也不可能到處參觀。

韓信大軍撤走後，陳倉故道上倒多了一塊石頭，是一塊碑石，上書「對面古陳倉道」六個字。

《史記．秦本紀》所記的秦文公一生，發生過十件大事，可和石鼓文參照：

（一）元年，文公居住在西垂宮。

（二）三年，文公率兵七百人，向東狩獵。（〈吾車〉）

（三）四年，到了汧、渭交界，文公回憶先輩獲封為諸侯。（〈汧毆〉）就在該

地營建都邑。（〈乍原〉）

（四）十年，建立鄜畤，用牛羊豬三牢祭祀天地。（〈吳人〉）

（五）十三年，設史官，開始紀史事；百姓許多受到教化。

（六）十六年，文公伐西戎，西戎敗走；遂收周餘民，據地擴至岐山，岐山的東面獻給周室。（〈吾水〉）

（七）十九年，文公在陳倉得寶石。

（八）二十年，制定誅滅三族的刑法。

（九）二十七年，伐南山的大梓樹，樹中走出一頭大公牛，躲入豐水中（〈吳人〉）

（十）四十八年，文公太子卒，立孫為太子。（〈而師〉）

這些大事，至少有三件有關祭祀，即立鄜畤時祭祀；得陳倉寶石；伐南山大梓，大牛入豐水。此外又有三首詩有關畋獵，即「田車」、「吾車」和「鑾車」。其中幾件事，又很特別。其一是十九年得陳寶，其二是二十七年，伐南山大梓，豐大特。

話說陝西寶雞縣，陳倉縣東二十里的陳倉城中，有人掘地得一隻動物，似羊非羊，似豬非豬，形狀像彘，可不知是甚麼野獸，於是牽去送給文公。運送途中，碰到二名童子，他們說，這怪物常在地中，吃死人腦。眾人聽得這話，立刻想把怪物殺死，用樹枝插它的頭。那動物竟然會說話，牠說，童子名字叫陳寶，得到雄的，可以稱王；得到雌的，可以稱霸。鄉人聽了，就把牠拋下，去捕捉童子。二人忽然化為雉雞，雌的一隻飛到陳倉北面的阪坡上，變為一塊石頭。至於雄的一隻，據說飛到南陽去了，後來傳說南陽就出了漢光武。

陳倉的石頭，顏色似肝。秦文公得到了這塊寶石，為它建了一座祠堂。祭祀時石頭會叫，叫聲像野雞夜鳴。宰了一隻牛來，有赤光從雉縣飛來，長十餘丈。因此，南陽有雉縣，陳倉有寶雞，後來又名鳳翔。

陳倉縣南十里的倉山上，長了一棵大梓樹，鄉人說它是妖怪。秦文公聽了，就命人斬伐。樹也奇怪，斬伐時就起大風雨，斬的地方立刻又生長，縫合起來。文公也沒有辦法。恰巧有一個生病的人，晚上經過山中，聽到有鬼怪對樹神說：秦君如果叫人披散頭髮，用朱絲繞樹，然後斬伐，你還能怎樣？樹神聽了，無話可說。第二天，病人去告訴秦文公，文公照說去斬，樹斷了，從樹中走出一頭青牛，走入豐河中去。這牛常在河中出沒，使人去追擊，鬥它不過。鬥士墜地，起來再鬥，頭髮亂散，牛大驚，躲入水中，不敢出來。這頭大梓樹青牛，稱為大特，武都郡立有怒特祠來拜祭。

古代史書中，神話與史實相混的地方很多，當然是因為圖騰民族的傳統。歷史就是歷代過去的事，既包括所見，也包括所聞。神話故事就居於口頭文學史的範圍了。

《史記》中記載了陳寶和伐南山大梓、豐大特的事，和文公以兵伐戎，文公收周餘民的史實相並列，可見這些事相當重要。這兩件事還有另一個說法，一說是秦襄公時得陳倉寶石，到了秦文公時才立祠。一說是伐南山大梓和豐大特的是秦穆公，例如《搜神記》。不過，《史記．秦本紀》記秦襄公時沒有尋到陳寶，記秦穆公時又沒有捉到豐大特。除了司馬遷先生把這兩件事歸諸秦文公的名下，還有甚麼史籍把這兩件事放在一起呢？竟是石鼓文。

連唐代司馬貞的《史記索隱》也特別提出來：「金祠白帝，龍祚水德，祥應陳寶，妖除豐特。」這是說祭祀屬金的白帝，崇尚水德；獲得了祥瑞的陳寶，除去了公牛妖。

在先秦時代，描寫畋獵的文字極多，哪一個王、哪一國的公沒有畋獵之事？所以，單憑打獵是無法確定石鼓的年代的。不過，秦文公三年，文公出獵時共有七百人，這是一次大規模的打獵，司馬遷特別列入史書，可見其重要。

春秋時代後期，國與國交戰，已經出現步兵，以鐵器製成兵器；輕騎兵，單人單馬，再也不必動用笨重的戰車。從石鼓文看來，每次提到的都是吾車吾馬，證明那仍是馬車戰伐的時代，而這正是詩的時代，是周至秦的一段年月。

七百人出獵，如果一輛「田車」上有御者一人、甲士二人，則每車三人，七百人當為二百多輛車。一個大國是千乘之國，有一千輛戰車，以二百輛車打一次獵，可說陣容鼎盛。這七百人是東獵。秦自先祖開始，一直居於地帶的西縣，秦襄公救周平王有功，並封為諸侯，姓秦，置以汧，但他在戰役中喪生，並沒有真正居住在汧的地方。秦文公元年《史記》記他居西垂宮，證明他仍在西縣。七百人東獵之東字，證明了秦人已經開始東進。兵強馬壯，從石鼓文的〈田車〉看，也的確如此。單是起句，就顯示出來：「吾車既工，吾馬既同。吾車既好，吾馬既阜。」

秦的祖先本是游牧民族，先輩多善於養馬。曾助大禹治水的大費佐舜帝調馴鳥獸；周穆王時造父善御車，替王飼養八匹名駿馬。到了周孝王時，非子又因出名養馬，孝王徵召他在汧渭之間養馬。而汧渭一帶平原，良馬無數，正是詩句所謂「吾馬既阜」。阜就是盛多的意思。

石鼓文中的「田車」，是用四匹馬拉的車。這四匹馬必須齊色齊力，齊力是要四匹馬習性相同、足力相等，跑起來可快慢一致；齊色，是選顏色相似，以增加車馬的整齊壯麗。因此，「吾馬既同」不單要有好馬，還要四匹互相配搭齊一。若不是馬多，又強，決選不出來。至於車，既好既工，是造得堅實耐用。秦地本多大樹，車廂正需要許多木材。而這時又有金、漆、革等造車的巧匠。證明這時，秦人已不再游牧了。

二

石鼓的名字，最初出現在章懷太子李賢注釋的《後漢書．鄧騭傳》中。唐朝不知甚麼讀書人見到石鼓，尤其是見到石鼓身上有字，大抵十分歡喜。讀書人對文字有癖好，又需寫字，見到石鼓上的字十分歡喜，於是拓下來回家，與書友分享欣賞。這些拓本，輾轉相傳，傳到了文苑中的圈子去了。有一天張籍拿了石鼓文來給韓愈看，勸他寫一首石鼓詩。韓愈說這詩不該由他來寫，要寫也該由李白或杜甫寫。可是謫仙、少陵已經離世，結果還是寫了一首洋洋四百六十二字、六十六句的七言敘事長詩。其實杜甫的〈李潮八分小篆歌〉，從書法發展的角度，提過石鼓：

蒼頡鳥跡既茫昧，字體變化如浮雲。
陳倉石鼓又已訛，大小二篆生八分。

韓愈很自謙，〈石鼓歌〉寫得大氣。他說這些石頭啊，經歷了那麼多日子的雨淋日炙，幸而有鬼物守護才仍然存留。韓愈所見的拓本，雖然精細，可是原石剝泐過多，許多字也缺劃。不過，書法卻是獨樹一幟，字體剛健雄偉、高逸瑰奇。他用了許多雄健的比喻：

年深豈免有缺畫，快劍斫斷生蛟鼉。
鸞翔鳳翥眾仙下，珊瑚碧樹交枝柯。
金繩鐵索鎖鈕壯，古鼎躍水龍騰梭。

雖無法完整地通讀，個別的句子仍可以辨識，石鼓上的文字，是四言詩，和《詩經》相似。因而怪責孔子，怎麼編纂《詩經》時，遺漏了這長詩，是不曾西行到秦，沒有看到這十首詩麼？以至小雅大雅顯得偏狹侷促，撿得了星星，把日月漏拋了。石鼓製作的時代，孔子或早已仙逝了。韓老夫子自稱好古，對這古代文物無人賞識不禁涕淚縱橫。他認為應該好好保存才是，最適當的方法是用氈包席裹，用駱駝負載運回太廟。他告訴國子監的祭酒鄭餘慶，把它們留在太學，和學生們講解研究。

韓夫子的願望沒有實現。十個石鼓仍在陳倉之郊任風吹雨打，不斷風化，也有讀書人來隨意刻鑿，任耕牛磨角，牧童敲打，青苔漫生。他感歎：

日銷月鑠就埋沒，六年西顧空吟哦。

十個石鼓，唐代的皇帝們不懂珍惜，還是有看中它們的人。鄭餘慶任官陜西鳳翔時，把它們搬到鳳翔孔廟。紛紛戰亂，換朝易代，五代之後，到了宋代。宋徽宗乃是個書法家，知悉在石鼓身上滿佈漂亮書體，就把石鼓由鳳翔徙置汴京辟雍，十分愛惜。時時搨拓賞賜近臣，這拓本為「宋內府賜本」。石鼓文遂由石頭文學史進入石頭書法史的時代了。

不過，石鼓到了宋代，卻只得九個，原來陳倉一位老鄉，見到石鼓，家中正缺一個石臼哩，就搬了一個回家。幸而有個叫向傳師的人鍥而不捨，在附近搜尋，終於在農家發現，這鼓一度走入民間生活，變成舂米之臼，比原來的高度短了一截，每行少了三個字。半個鼓總比沒有鼓好。十鼓兄弟又聚首一堂了。

石鼓文怎麼不進入石頭書法史呢，中國書法的演變，甲骨文之後，是鐘鼎金文，是大篆，然後小篆，再到隸書、楷書、草書、行草，石鼓文是金文和小篆的橋樑，從鐘鼎金文演變過來，字形不再大小錯落，佈局也不是隨意任性，筆劃多的字寫得緊湊了，筆劃少則寫得寬闊些，字與字之間的距離均等，字的排列陣容整齊，有種王者瑰麗的氣象。

石鼓文的字體，有許多和鐘鼎文相似，那麼，它出現的時代，也在周秦吧。韓愈就當是周宣王時代物。把字刻在石上有各種各樣的碑和摩崖，摩崖只刻在山崖上，碑是刻在方形的石板上，石鼓卻是圓的，方的是石碑，圓的是石碣。石鼓文其實是石碣文。

躺在陳倉的石頭，一躺八百年，族群的數目就增多了，先是秦始皇吧，作了一次聲威煊赫的「東行郡縣」。除了上泰山刻石紀功外，又在嶧山、之罘、琅琊、會稽等地刻石，這些石頭上的書法，傳說出自李斯手筆，但書寫的內容，卻近儒家而多於法家。書寫的人大抵見到石鼓文，才想到要把歌功頌德的文章刻在山石上，所以字體就有石鼓文體的姿態，也是整整齊齊，像秦兵列陣，冠冕堂皇。

雖然，到了漢魏，流行起隸書來了，篆字畢竟難寫，但還是有《袁安碑》這樣好的小篆碑。不過，文字不是刻在圓石上、山崖上，而是刻在四四方方的石板上。碑石的族群由此繁衍增殖，足夠建一座碑林了。字體呢，也有篆書，以至楷書。許多碑石都受書家尊重，像《乙瑛碑》、《禮器碑》、《史晨碑》，都放在孔廟裏，和孔夫子一起受到禮遇。《曹全碑》則供奉在西安碑林，那應該是最成熟的漢隸，字劃剛柔互濟、提按相和。當然，更多碑石，和石鼓的命運差不多，竟然不知去向呢。

經過漢魏，到了唐代，真是石頭書法史上的鑽石時代，名碑如林，石鼓的後代也可謂桃李滿天下。這些石頭，不但有寫文章的人的姓名、寫書法的人的姓名，甚至連刻者也留名青史。

而石鼓呢，甚麼朝代？不知道；紀的是哪一個年代的事？不知道；十首詩是甚麼人的作品？不知道；書法是何人手筆？不知道；石頭為甚麼是圓形的，像一個個鼓？不知道。一切都是謎。漢朝皇帝介紹六經文字，刻在石碑上，立於太學門外，觀摩和摹寫的人，填塞街陌。唐代皇帝則把碑石放在雁塔，供人欣賞。而石鼓，仍在陳倉荒郊，日炙雨淋，一點一點剝蝕。

後人只好把石鼓當作偵探小說來讀解。

韓夫子向他的上司國子監祭酒建議把石鼓搬到太學去，沒有得到批准，鄭餘慶倒也沒有完全辜負老朋友的好意，也許是由於搬運艱難，路途遙遠。韓夫子說得輕鬆，找幾個駱駝就可把石鼓搬走。韓夫子沒見過石鼓，不知它們的輕重，駱駝根本揹不動大石，得由幾頭大牛拖拉大車，才可搬動。於是國子監祭酒的意思，把石鼓搬到鳳翔縣的孔子廟去好了。六年後，不能不說世事一切冥冥中自有安排。這一次，把石鼓遷到孔廟去，倒像是孔子曾經過目，編入《詩經》遺珠。

孔廟到處都有，正宗的是山東曲阜，廟宇的建築群落建在一片園林之中，裏面放着不少刻石，刻石放在孔廟的園林中，當然要配合聖人的典範，譬如說《張猛龍碑》碑主張猛龍，曾是郡太守，在任期間，為百姓辦了許多好事，使得境內所謂「學建禮修，風教反正」，既興學有助於聖教，重承孔子的事業，把紀念他的碑安放在孔廟中是再適合不過了。至於《乙瑛碑》、《禮器碑》和《史晨碑》，都是記載魯國宰相請求在孔廟設置祭祀、修飾孔廟、製造禮器等等的事。這些碑本來就和孔廟有關，放在孔廟園林自然最切當。然而石鼓十個，寫的卻是打獵殘殺、歌功頌德，如果說有甚麼成就，就是詩篇和書法的美學高度，更適合放在太學門前，供學子研習。

石鼓文字的嫡傳，秦人之後，再傳下去，就該數李陽冰的篆書，小篆就從李陽冰，鐵線那麼微細地傳下去。從先秦到唐代，數數也近千年了。不論是詩作和書法都有了輝煌的成就，《詩經》之後出現了五言詩，樂府歌辭，陶淵明，進展為七言詩，有絕有律，唐代是詩的年代，詩人輩出，書法也從大篆進展到楷書。雲台山上有歐陽詢的《九成宮》，西安慈恩寺大雁塔下立着褚遂良的《聖教序》，都是學子們畢恭畢敬學寫的字。詩寫得好，雖然傳誦時受文苑尊崇，但不擔保可以擺脱老病貧困的命運，反而是書法寫得出色，可以身掛金魚袋，生活得以優哉悠哉。

十個石鼓進了鳳翔孔廟，總算有個歸宿，比起《袁安碑》是幸運得多。那《袁安碑》刻於東漢永和四年，不知如何被移到一個河南偃師縣辛家村的牛王廟裏，變作了供案使用，石刻面又朝下，根本沒有人注意，後來才被一個村童無意發現，引起注意。鄭餘慶把石鼓置於孔廟時，石鼓只得九個，幸而到了皇祐四年，向傳師求諸民間，十鼓才算團圓。

大學士蘇東坡在鳳翔做官，一來是到孔子廟拜祭夫子，二來是看看石鼓。只見文字鬱律彷彿蛟蛇走動，想讀，卻讀不出聲。不禁歎息道，韓公好古，見到石鼓文時已有余生也晚的感慨，何況自己又比韓愈晚了百年，勉強去辨認文字，只有六句可通，可見的是四百一十七字，可識者二百七十二字，而已。

蘇東坡和韓愈一樣，以為石鼓文字記的是周宣王打獵的事，可沒有想到可能是秦代遺物。當然，他們都熟讀過《詩經》。蘇東坡讀通的句子是汧殹石起首二句，以及最末的二句，即「我車既攻，我馬既同」，末四句為「其魚維何，維鱮維鯉」。蘇東坡也和韓愈一樣，賦了一首〈石鼓歌〉，兩詩可以對讀：

舊聞石鼓今見之，文字鬱律蛟蛇走。

〔……〕

強尋偏旁推點畫，時得一二遺八九。

我車既攻馬亦同，其魚惟鱮貫之柳。

蘇東坡長詩的收結是：

興亡百變物自閒，富貴一朝名不朽。

細思物理坐歎息，人生安得如汝壽。

幾百年後有位書法家吳昌碩，就常常取蘇東坡詩句寫對聯，其中就有「其魚惟鱮貫之柳，吾車既工躋于原」。文句字體源於石鼓文。吳為石鼓文書法大家，不過，亦有人挑剔他對石鼓文認識不深，筆劃誤差甚多。

韓夫子與蘇學士既認為石鼓文乃宣王中興時作，會否想到這十首雅歌的作者可能是尹吉甫？汧殹石有一奇異的贅文，只剩半個臉兒從石中依稀露出，這個字，會不會是「吉」或「甫」？他是文武全才的詩人。《詩經》在流傳中，經過不少文士的修飾，國風就不似完全是庶民之作，《詩經．六月》：「文武吉甫，萬邦為憲」，豈知不是吉甫粉絲竄入的句子？

東坡說：「欲尋年歲無甲乙，豈有名字記誰某。」石鼓的確奇怪，是紀念哪位君主、是甚麼年代，都無記錄。如屬刻之紀功，人物、年代、事跡，題記怎麼都一言不發，神秘莫測？為甚麼不鑄青銅器，而用石塊？用石又為甚麼不做成碑，而製成碣？都令人百思不得其解。是不是青銅昂貴，空間太狹窄？秦始皇也沒有青銅器。

自宣王即位到大宋英宗，時已二千年，經歷秦漢魏晉隋唐，石鼓也算長壽了，想想秦代有詩書之毀，而文字石刻獨盛，興亡百變物自閒，能閒就好。

蘇東坡在鳳翔為官，當然拓了石鼓文，細細研究。他的拓本十分珍貴，因為仍有四百一十七字。在鳳翔孔子廟中見到石鼓的人，還有歐陽修，那是宋仁宗時期，一〇六三年，他見到四百六十五字。因為到了宋徽宗時，石鼓搬到皇宮中去，看似珍藏，可平常人無法得以一見了。

見過石鼓文拓本，加以研究的人，不下數百位。清人王漁洋更加把石鼓當作同學，伴坐一旁，研究書法、歷史。他說：

我來太學已八月，長日坐臥石鼓旁。
松風灑然送蟬語，一庭碧草生新涼。
嗟哉趩遽不可辨，如鉗在口誰能詳。
安得邀君坐東序，共窮史籀賡宣王。

秦人的刻石，還可以說說。秦代的人到底是居於西垂的邊緣人，哪裏有周人的文化和魯國人的禮數。周人的時代是青銅器文化的時代，鑄造了許多青銅器，除了酒壺酒爵這些實用品外，又懂得製盤製鼎，用來祭祀，還懂得製造尊、簋，用來紀功記事，讓子子孫孫永保存念、借鑒。這是很有歷史意識的。周人製作鼎尊時，一篇文章寫得精彩與否還是其次，最重要的是把年月日子，為某事某人而作，清清楚楚寫出來。所以周代的青銅器這類，無一不一出場就自報身世，我以為這影響了後來的元曲雜劇，譬如蕭何一出場就說：

小官蕭何是也，本貫豐沛人氏，輔佐漢天子有功，官拜丞相之職。
請看約法三章在，第一功臣是酇侯。
秦府圖書世不收，漢家刀筆我為優。

別說中原人士，連番邦外藩也會吟詩上場，例如馬致遠寫的：

氈帳秋風迷宿草，穹廬夜月聽悲笳。
控弦百萬為君長，款塞稱藩屬漢家。
某乃呼韓耶單于是也。
若論俺家世，久居朔漠，獨霸北方，以射獵為生，攻伐為事。

名將番王，連販夫走卒、婦人老翁，個個懂得說名道姓、哪裏人氏，好讓別人明白。青銅器的銘識，正顯示了周人的身份認同、歷史意識。可是秦人就顯得馬虎糊塗得多。即使是秦始皇帝，威風赫赫，統一天下才二年，就率大臣東巡，到嶧山、泰山、琅琊山、之罘山、會稽、碣石，在這六個地方刻了六篇文章在石上，表示自己的成就。丞相李斯，寫得一手漂亮鐵線篆，如是竟也糊糊塗塗，沒清楚說明是甚麼人寫的、甚麼人刻的。直到二世皇帝元年，才下了一個詔書，命人在上述的刻石上加刻一段文字，說明是始皇帝所刻，使後世人不會疑誤。也是天意。碣石的石刻，掉落海中失去了，之罘刻石，到了歐陽修見到拓本時，只存二十一個字，正是秦二世加刻詔書中的文句。第三塊的琅琊刻石，也只剩殘文十三行，其中十二行是加刻的詔書，第一行只有從者「五大夫楊樛」的題名。最有趣的還是會稽刻石，到了清朝康熙年間，一個大概是七品芝麻官知府，不知如何把碑文磨掉，改刻歌頌自己的文章。若是當初刻石上寫上秦始皇帝的大名，芝麻官也許就不敢造次。幸而乾隆年間的知府李亨特有點文化修養，把芝麻官的文章磨去，刻上了會稽石原本的翻刻本。

石頭畢竟是石頭，即使刻了字，也不能夠世世代代永遠保用。相比起來，青銅器就更加珍貴了。秦始皇帝還是幸運的，他的兒子不像埃及的法老，把前朝法老的紀功碑文磨掉，把碑石打碎，用作築砌塔樓的填料。然後換上自己的。

秦人不重視歷史，過了幾百年並無改變，才有後來始皇的「偶語詩書棄市」的惡法。再說，秦景公吧，死了之後，後嗣給他刻了一塊石磬陪葬。磬上刻了十六字：「天子匽喜，龔桓是嗣。高陽有靈，四方以鼎。」這是說：天子舉行喜宴，磬石的作者是共公、桓公的嗣子；因高陽氏在天有靈，國內才四方昇平。

③

石头文学史中並無石鼓文本。事实上，石鼓跟石头比起文学史上的石头就差远了，一無来历，二無诗句，若要搬出石头体格，从其中挑选一番，最多可以产出的[illegible]者，又名次成者，無他的。

它们的身上没有石道纹质，别的石头有條纹，它無；别的石头有光泽，它無；别的石头有纹理，它無；别的石头有断口，它無。它有什么呢？硬度，不然的话，就不成其为石头，而成为泥沙了。石头的硬度分为十级，最硬者十级，为金刚石，最软者为一级（滑石）。石鼓大约属于三至五级，介乎第三级方解石，第四级萤石，以及第五级磷灰石之间，这些石头上可以刻字。

④

石头和泥的不同，[illegible]因为石头的体积比泥的大，硬度比泥的高。石鼓体积的原貌已经不可考，但它成为石鼓时的体积是：每个[illegible]，长阔[illegible]米，高，圆形。

石鼓是石质之物，正确无讹。至于为何鼓，则毫无根据，唯一的理由是因为它的形状是圆的，像个鼓。说它是鼓，又太大，说它是碑，又是实心；说它是碑，又是圆形，说它是墓，又太矮。[illegible]被称为石鼓。

石鼓之特别，不在形状，而在数量，不多不少，刚好十个，一模一样，而且每上都刻了文字。[illegible]

[illegible]在石头上刻字，历史很久，[illegible]远在[illegible]发明之前，汉字是刻在甲骨上、青铜器上、竹简上，然后是刻在石头上。[illegible]

〈石鼓詩誌〉手稿（部分）

總算有了改善。這塊石磬，倒是石鼓文引發的第一篇石頭文學史另一個章節，至於文字如何、價值幾何，就留待專家去鑒定。

歷代往事，金石家史學家都對石鼓的年代爭論不休，有的說是周文王、武王，有的，像韓蘇等詩人說是周宣王，有的就說是秦刻。依照石頭的模糊表現，無年無月、無名無姓的，肯定是秦刻。若說是周宣王，那就難以不想到鼎鼎大名的尹吉甫。

石刻雖說比不上青銅銘器珍貴，可它們又有優點，青銅器是自私的。擁有青銅器的人，把銘器收藏到家中，秘不示人；就是在廟堂，也只是留給子孫，都是為私己。別說看，問都問不得。誰敢去問鼎？石刻可不同了，形態姿勢都是開放的，光天化日，原野山崖，就是要公開給眾人閱讀。古時沒有報紙，書籍不易得，石刻就是書本，正是普及教育的好模範，這方面石刻可以進入石頭教育史。

秦始皇的嶧山刻石，據說是給曹操命人推倒的。魏武帝曾立法，嚴禁樹碑，說是「妄媚死者，增長虛偽，而浪費資財，為害其烈」，真是說得好。曹操就是有識見。

可惜後人變本加厲，到處豎立碑石，平民百姓死後，個個刻一塊石碑，欲求揚名千古，霸六尺黃土。幸而如今有火葬，骨灰四散江湖四海，回歸大自然。

秦始皇的刻石上雖無寫明是誰，但也仍可辨識，譬如「滅暴六強」，當然是妄媚秦帝。文章只有「皇帝曰」三個字。這可是令人糊塗。秦二世就看出來了。皇帝曰，難道我二世不是皇帝，三世不是皇帝？所以加上「始皇帝所為也」，可惜仍無年月，文中附有「廿有六年」，廿六年只是初併天下，並非刻石立碑的時間，石是廿八年刻的。

石頭詩如何解讀，這是專家的工作，可它朦朧而耐人尋味，倒是啟發了歷代許多詩作，書法也引發不少書家的模寫以至發展。那麼這些石頭，是否同樣通靈，有生命？

後記

何福仁

西西的《浮城閱讀》分兩卷，上卷是華語的閱讀，從古至今，從《詩經》到當代詩文；下卷屬外語，大多通過翻譯，有些，則直接閱讀外語原文。西西的閱讀，非常廣泛，可說無所不讀，一生在恬靜地閱讀，然後把閱讀用她自己的文字語言，或提綱挈領，或把她認為最有意思的地方，公諸同好。這是讀書人達理通情的生活，因此她極少甚或不屑齒及她不喜歡的書。她也很少評而論斷所說的書，她只是寧願謙遜些；她的小說創作，許多都源自閱讀的轉益，如魚飲水，她深切體會，覺得無論對事對書，都不宜妄下論斷。她當然知所判斷，這其中就是一種判斷。讀西西的閱讀，其實是讀西西，那種朋友的語調，跳脫的文風，一位我們懷念的故友。

西西先後出過讀書，或者提到書本閱讀的書，包括：

一、《像我這樣的一個讀者》（一九八六年）

二、《花木欄》（一九九〇年）
三、《剪貼冊》（一九九一年）
四、《耳目書》（一九九一年）
五、《畫／話本》（一九九五年）
六、《傳聲筒》（一九九五年）
七、《旋轉木馬》（二〇〇一年）
八、《拼圖遊戲》（二〇〇一年）
九、《羊吃草》（二〇一二年）
十、《看小說》（二〇一九年）

我們看她較長篇的《旋轉木馬》，其中的〈卡納克之聲〉（一九八五年）、〈上課記〉（一九九五年），就看到當她不受字數限定，可以融化所讀所見，寫得獨到、深刻，言人之所未言，而不乏感性的情味。她另有一長文，仔細剖析巴爾加斯．略薩的技巧（〈巴爾加斯．略薩作品的時空濃縮結構〉，一九八五年），也很精審，收於《傳聲筒》，她因此文而認識翻譯巴爾加斯．略薩的西語專家孫家孟教授。

最新這兩本《浮城閱讀》，卻是最早的閱讀筆記，主要來自一九八〇年代的專欄，她每天隨寫隨發，並未出過專書。只有一篇〈石鼓詩誌〉，找到收藏多年的手稿，之前從未發表。如今回顧，一九八〇、九〇年代，實是香港報章的黃金時代，副刊兩版，一版小說，另一版散文（雜文），可說各適其適，各自競秀。西西長期在不同的報刊、雜誌寫作各種專欄，第一個專欄是在《天天日報》，該報在一九六〇年十一月創刊，是香港第一份「柯式」彩印的報章，創刊不久西西即獲邀寫作童話；可惜該報久已休刊，欄稿今已不存。

報章上的散文專欄，每欄劃定字數，八〇年代之前，大多每天一個話題，例如西西一九六七、六八年間的「牛眼和我」（二〇二一年，中華書局）即是，其後一九七〇年的「我之試寫室」也是這樣。「我之試寫室」曾有過好幾個「我」試寫，傳聞含混，這裏順便澄清：「我之試寫室」最先由西西開欄，版頭一如「牛眼和我」，是她自己的設計，寫了一陣，其後交亦舒，亦舒也寫了一陣，交回西西，西西又寫了好一陣，再轉薦另一人，欄名多年仍舊。亦舒後來出書，用了《我之試寫室》之名。到西西出書，只好叫《試寫室》（二〇一六年，洪範書店）。西西最後的一篇是〈無從糾正〉（一九七〇年六月六日）。無論誰寫，往往是一日一題。直到一九七一年之後，才逐漸以同一題材，連寫五、六篇，不過每篇都可以獨立閱讀。當年的連載小說，當然也是每天一段，只是不能獨立閱讀，有些也弄些情節，吸引讀者追看。

這兩本閱讀，大多就是同一題材，每篇有不同的題目，可當是副題，這是這種寫作的特色，因應條件、功能，出眾的作家在限制裏仍然可以寫出格調。西西即用之嫻熟，恢恢乎遊刃。倘要求高屋建瓴的宏文，是不對焦，去錯時間地點。而西西說的書，大多曾經認真讀過，今人專家似的博識，恐怕只是網上資料的湊合。別忘了，那些年代，電腦並不流行，她根本不用。

兩書的編排基本上按發表年份順序，但也加以變通，讓同類聚合，例如回答訪問的、談詩的，編在一起。有兩三篇，西西曾抽出放到其他的書本裏，這次讓它們回到自己的組群裏。又有些，例如談馬格列特繪畫的一組文字（一九八一年），她後來曾據繪畫轉化成經典小說〈浮城誌異〉（一九八六年），可以互相參照。華語部分，收了她的《八十年代中國大陸小說選》序言三篇，這是她向港台介紹內地新進作家的長序，並追溯文革之後內地小說的發展，書久已絕版，許多位今已家傳戶曉。當年，一九八七年，她取授權、送稿費，來往多地，是這方面最早也最落力的薦書人；她對新人新作的熱情，而不是要表現自己，令人感動。

外語部分談到巴爾加斯·略薩、加西亞·馬爾克斯，篇幅較少，她在其他書本另有更詳細的述說。至於卡爾維諾，她非常喜歡的一位小說家，同樣見於他書；她是此地較早也較詳細闡析他的作品的人，他是她在一個冬夜裏閱讀的發現，也許。

文後列出發表的日子，不列出處，是因為不少其實不能確定發表的地方；不問出處，日子才最重要。個別連日子也欠奉，則是根本也不清楚。

二〇二五年五月

蔡浩泉繪版頭

「閱讀筆記」專欄版頭一，四字是西西囑本書編者所寫。

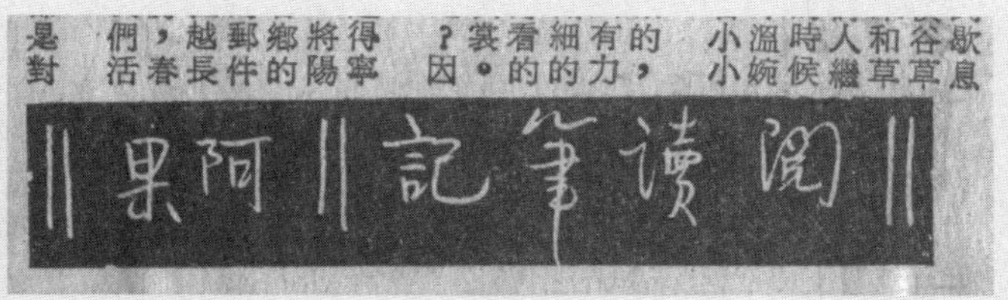

「閱讀筆記」專欄版頭二

西西 著

何福仁 編

責任編輯 張佩兒
裝幀設計 簡雋盈 陳佩珍
排　　版 楊舜君
印　　務 劉漢舉

出版 中華書局（香港）有限公司
香港北角英皇道四九九號北角工業大廈一樓B
電話：（852）2137 2338
傳真：（852）2713 8202
電子郵件：info@chunghwabook.com.hk
網址：http://www.chunghwabook.com.hk

發行 香港聯合書刊物流有限公司
香港新界荃灣德士古道二二〇—二四八號
荃灣工業中心十六樓
電話：（852）2150 2100
傳真：（852）2407 3062
電子郵件：info@suplogistics.com.hk

版次 二〇二五年七月初版
©2025 中華書局（香港）有限公司

規格 三十二開（190 mm × 130 mm）

ISBN 978-988-8913-82-4